KLEINE ERBE-SERIE

Ludwig Anzengruber

Die Märchen des Steinklopferhanns

Ludwig Anzengruber

Die Märchen des Steinklopferhanns

und andere Erzählungen

Greifenverlag zu Rudolstadt

Nachbemerkung von Gerhard Wilckens
Illustrationen von Erika Müller-Pöhl

Der Text beruht auf einer
kritisch durchgesehenen Gesamtausgabe von 1921.

4. Auflage 1987
Lizenz-Nr. 384-220/35/87
LSV 7311
Schutzumschlag und Einband:
Rolf F. Müller/Erika Müller-Pöhl
Printed in the German Democratic Republic
Lichtsatz: Offizin Andersen Nexö, Leipzig
Druck und Bindearbeit: Karl-Marx-Werk Pößneck V 15/30
Gesetzt aus der Korpus Garamond-Antiqua
Bestell-Nr. 525 008 9

ISBN 3-7352-0091-5

00460

Die Märchen des Steinklopferhanns

I

Die breite Straße lief eine geraume Weile neben gelben Kornfeldern hin, bis ihr die Augen weh taten, da war sie recht froh, daß der Tannenwald bis zu ihr hinrückte und sie eine andere Weile im Grünen und im Schatten laufen konnte. Die Felder bogen aber da von der Straße ab und zogen weithin an dem grünen Walde, und das Korn sagte zu den Tannen: „Was so ein Wald für ein unnütz Ding ist, höchstens umgehauen mag er das zu Ende führen, was wir begonnen, mag backen helfen und die Leute wärmen, denen wir Leib und Seel zusammenhalten." Die hohen Tannen schüttelten die Köpfe und sagten: „Muß sich einer nie einbilden, er richt's allein auf der Welt; wir stehen hier auf der Wacht, daß nicht der kalte Wind über die Niederung weht und euch verbläst, daß ihr die grünen Halme verfroren auf den Boden sinken laßt, und wir ziehen den Regen herbei, der euch tränkt, und laßt uns einmal ausgehauen sein, dann wächst die weite Niederung hinab nicht halb soviel, und der Kies und das Geröll und die nackte Erde rücken gegen das Dorf, um dem Bauer gute Nacht zu sagen."

Ob die Bauersleut manchmal so dachten vom Walde wie das Korn? Heute taten sie es nicht, sie hatten bis an den Mittag geschnitten, jetzt war's heiß geworden, kaum zu ertragen, nun sollte Rast gehalten werden, und da lobten sie sich den Wald, setzten sich in seinen Schatten nieder, aßen und ließen sich's die kleine Weile der Ruhe wohl sein.

Zuweilen saßen auch ein Bursch und eine Dirn abseit

von den andern allein, es ist sonderbar, daß sich das oft trifft, und daß alle Burschen und alle Dirndeln sich fast immer das nämliche Zeug vorreden, eines wie das andere, seit unvordenklichen Zeiten, und will das Ding nicht anders werden bis heut.

Gegen die Straße zu saß auch ein Paar so Verliebte, beide nicht mehr gar zu jung, aber recht saubere, stramme Leute.

„Mein Gott", sagte die Dirn – wie denn die Weibsleute immer die Sache von der praktischen Seit anfassen –, „mein Gott", sagte sie, „jetzt gehn wir schon als Knecht und Dirn sieben Jahr miteinander, wenn's nur zu was führen möcht, so wär ja alles gut."

Drauf sagte der Bursch mit einem schweren Seufzer:

„Freilich wär dann alles gut, aber daß wir halt so viel arm sein müssen."

„Mein alte Bas nähm uns probweis als Pfleger auf ihr klein Anwesen", sagte die Dirn.

„Probweis", sagte der Bursch und strich sich die Haare aus der Stirn, „probweis freilich wohl", dabei fischte er mit dem Löffel einen Brocken aus der Schüssel, die er auf seinen Knien hatte, „glaub's schon, gibst du den Spatzen in der Hand für die Taubn am Dach? Wenn die Prob übel ausfällt, so ist alles verfahren. Es hat der Bauer dieweil schon andere Leut – wir möchten uns nit *ein* Dienst auffinden, du möchtst da, weiß der liebe Gott wo, dann ein Unterkunft finden..."

Die Dirne langte zitternd den Löffel aus der Schüssel.

„Hast halt recht, daß grad wir so viel arm sein müssen."

Mittlerweile schallten von der Straße herauf von Zeit zu Zeit einige Hammerschläge.

„Sie schlagn wieder Steine für die Straß", sagte die Dirne leise und sah zur Seite, sie wollte gerne von etwas anderem reden als von ihrer gemeinsamen Not.

„Da ist gewiß auch der Steinklopferhanns nit weit", meinte der Bursch.

Da sang es unten auf der Straße:

's Salz tut ma zbröseln
Und gibt's in ein Faß,
Und die Berg tut ma zbröckeln
und streut s' auf die Straß,

So müssen sö alle,
Auch d' vornehmsten Herrn,
Ob s' wölln oder nit wölln,
Doch Bergkraxler werdn;

Dem ein verreißt's die Stiefeln und
Den andern schnupft's in Wagn,
Das schaut sich so viel lustig an
Beim Steinerschlagn! – Juhe!

Der Knecht und die Dirne oben im Walde waren aufgestanden. „Dös is er selber", lachte der Bursch.

Die Dirne kicherte.

Beide traten in die Lichtung, an der ein schmaler Weg in Mannshöh über die Straße führte, und sahen hinab. Unten stand der Steinklopferhanns, das war ein lediger Mensch, schon nah an die Sechzig, er trug einen Filzhut, weiß Gott, wo er den einmal gefunden hatte, für den Regen mochte er gut sein, denn in der Krempe waren viele Löcher, durch die das Wasser sogleich ablaufen konnte, unter dem Hut fiel langes, schon etwas grau gemischtes Haar bis auf die Schultern herab, das hätte ihn, den Hanns nämlich, nicht den Hut, recht ehrwürdig erscheinen lassen können, hätte nicht ein wahres Spitzbubengesicht daraus hervorgeschaut; einen Bart trug er, der war vor nicht gar kurzer Zeit einmal rasiert gewesen und sah sich an wie ein Stoppelfeld; einen gewaltigen Brustfleck hatte er um – eine Weste mochte ihn zu sehr spannen bei der Arbeit –, und geflickte Hosen hatte er und Schuhe nicht von den feinsten. Jetzt fuhr er sich mit dem Hemdärmel übers Gesicht wegen der Hitze, damit machte er's aber nicht besser, denn den Schweiß wischte er wohl weg, den Staub aber strich er sich vom Ärmel ins feuchte Gesicht.

„Steinklopfer!" riefen die von oben.

Er sah nach den beiden hinauf.

„Haha", lachte er, „die ewig Liebsleut, grüß enk Gott!"

„Mußt heut nit deßtwegn spotten, Steinklopfer", sagte oben der Bursch, „'s liegt uns grad schwer aufm Herzen, daß's so is, und wir, wer weiß wie lang, ‚d' ewig Liebsleut' sollen heißen müssen, 's is halt nit anderscht, wenn man so viel arm is!"

„No, no", sagte der Steinklopfer unten auf der Straße und legte den schweren Hammer zur Seite, „tut enk d' Frotzlerei auf einmal weh? Hätt's nit denkt, sollt's schon gewohnt sein, denk ich; wollts nit ‚d' ewig Liebsleut' heißen, machts a End, tuts enk zsamm, is doch's Gered, ös sollts als Pfleger auf der Bas ihr Anwesen kommen."

„Ja, probweis", brummte oben der Bursch.

„Is amal a Bauer gwest", sagte der unten auf der Straße, „der hat sich einmal was an die Knöpf abzählen wollen, hat aber dreihundertfünfundsechzig Westen ghabt und hat von ein Morgen zum andern gwart, was die ander Weste dazu sagt, hat's ganze Jahr zählt und nichts zwegn bracht."

Der Bursche oben stampfte in den Boden. „Meinst doch nit, ich bin a Letfeign*!"

„Gar nicht mein ich", sagte der Steinklopfer, „was vertrittst denn die Grashalm mitn Füßen, die habn dir doch nichts getan!"

„Geh, Hanns", sagte die Dirne, „komm rauf in Tann! Verzähl was, Rast ist noch a Weil, du arbeitst ja ehnder jetzt auch nit."

„Dös wär recht", sagte der Bursch, „verzähln kann er soviel schön."

„No", sagte der Steinklopfer unten und streckte sich höher, „dös mein ich wohl selbst, ich mag euch schon was verzähln." Damit ging er ein Stück die Straße hinunter, wo der schmale Weg hinanging, und trat in den Wald zu den „ewigen Liebsleuten". Dort streckte er sich nieder ins Gras, setzte seine kurze Pfeife in Brand und sagte: „Ich will enk verzählen."

* Die so bezeichneten Stellen sind auf Seite 149/150 erläutert.

1. Vom Hanns und der Gretl

Dort, wo der Wald niedergeht und ein Spitz wie eine Nasen ins Land streckt, dort is vor undenklichen Zeiten einmal a Häusel gstanden, drin hat a kluge Frau gwohnt. 's liegen dort in der Näh drei Dörfer, die warn in der Zeit, von der ich red, auch schon da, 's mag 's eine mehr Häuser ghabt habn als das andere, 's eine mag mit der Zeit von der Straß zruckgangen sein und 's andere bis hervor zu ihr, das macht nix. – Den Örtern geht's wie den Leuten, sie versterbn und lassen eins dahinter, das ihren Nam fortführt, und ist kein Brösel von ihnen selber mehr auf der Welt, als was so das Kind von ihnen überkommen hat; so ist wohl wenig mehr von dö alten Dörfer da, als daß neue Höf stehen an der Stell, wo einmal die alten gestanden sind, und ein oder der andere Stein mit hinein vermauert ist. Na, so war's halt, auf der Waldnasen hat die weise Frau ghaust, und rundum waren drei Dörfer, in ein Dorf war a Knecht, der hat Hanns gheißen, in andern a Dirn, die hat Gretl gheißen, und in der Mitten is das dritte Dorf glegen. Das dritte Dorf war das reichste, und 's hat oft dort im Wirtshaus Tanz und Unterhaltung gebn, und da hat der Hanns die Gretl kennenglernt, allzwei warn arme Teufeln, hätten gern gheirat, aber haben's immer überlegt, müßt amal a Glück kommen, daß sie's riskieren könnten, haben s' denkt. 's Glück is jahrlang ausblieben, sie sein d' Jahr lang miteinand gegangen, und da haben s' halt die Leut – ihr müßt es nit in Übel aufnehmen, aber die Leut warn allemal so boshaftig und nixnutzig wie heut –, da haben 's halt die Leut auch die „ewig Liebsleut" gnennt.

Einmal aber nimmt sich der Hannsl ein Herz und sagt, sie könnten doch auch die weise Frau um Rat fragn, denn warum net? Viele haben's schon getan, kein'm seine Sach wär dadurch schlechter wordn, im Gegenteil hätt sie bei den mehrern den Nagel aufn Kopf gtroffen – na und so – freilich, warum denn nit?

Freilich, meint die Gretl, ein rechter Rat wär doch immer was Rechts, und wann s' einen zu was Waghalsigem verleiten wollt, müßt man's ja doch nit tun und könnt's bleibenlassen. Und so viel wird's ja auch nit kosten und es wird zum derschwingen sein.

Richtig, kosten wird's auch was, meint der Hanns. Umsonst ist der Tod, und der kost's Leben – leben will so a kluge Frau doch auch, und wann man 's verhungern ließ, tät man völlig allen guten Rat im ganzen Gau aushüngern. Wird net so viel sein. Ihr guter Rat tät doch gleich sein Dienst, und braucht man nit so lang z' warten wie aufs liebe Himmelreich, für das sich die geistlich Herrn doch auch zahln lassen. Und die Gretl sollt nur auf die nächste Vollmondnacht hingehn.

Das taugt aber der Gretl nit, denn sie tät sich soviel fürchten, und der Hannsl war doch a Mannsleut und der Kuraschiertere.

Dös schon, sagt der Hanns und wird um zwei Fingerbreit höher, kratzt sich aber gleich wieder hinterm Ohr und wird a Trümmerl kleiner, wie er eher war; aber, sagt er, weißt, Gretl, allein kann ich's nit dertun. No, er hat sein Lohn stark angriffen ghabt die Woch, auf Bier oder Tabak – wann s' auch schon graucht habn vor die undenklichen Zeiten, von dö ich verzähl? – Was weiß ich.

Zletzt kommen s' halt überein, daß jedes die Halbscheid von die Kosten tragt, und daß der Hannsl hingeht.

Der Hannsl is halt soviel kuraschiert gwest, und wie der nächste Vollmond is, macht er sich aufn Weg; durchs Dorf an die Felder vorbei hat er sich noch eins pfiffen, wie er aber auf die verrufene Waldnasen zukommt, da is er ganz stad wordn, der Mond hat so durchs Gezweig gschienen, daß der Schatten von die Äst wie kohlschwarze Sammetbandeln übern Weg glegen is, und der Hanns hat sich eingredt, er könnt über eins oder s' andere stolpern, und hat fleißig auf die Erd gschaut – burr, fliegt ihm ein Nachteul eine Spanne übern Hut weg –, na, er war aber recht kuraschiert, und wie er erst gwußt hat, was es war, hat er nach einer Weile über den „Malefiz-Vogel" ein rechts Maul ghabt.

So kommt er zur Waldfrauhütten. Dort hat er erst sich ein bissel bsonnen und hat sich eingeredet, wie er so schnell müßt gegangen sein, weil ihm das Herz so schlagt. Und wie er schon das dritte Mal sein Finger krumm macht – nie is es ihm recht angstanden – und will anklopfen, da tut sich die Tür von selber auf, und die kluge Frau steht vor ihm und sagt: Na, bist einmal da, ich hab dich schon lang erwart!

Jesus, sagt der Hanns – ich weiß zwar nit, ob die Leut in dö unvordenklichen Zeiten, wovon ich derzähl, schon Jesus gsagt habn, aber das tut nix. Jesus, hat also der Hanns gsagt und sich verwundert, daß die Waldfrau weiß, daß er zu ihr will. Und er hat's doch schon die ganze Woche im Dorf ausgeschrien, wo er mit nächstem Vollmond hingeht.

Die kluge Frau hätt also nit gscheit sein müssen, wenn sie das nit gwußt hätt! So sagt sie zu ihm: Komm rein!

Der Hanns geht also in die Hütten, dort brennt aufm Herd ein großes Feuer, und wie er so seitwärts hinblinzelt, ist am Boden ein großer Kreis von Totenbeiner und Totenköpf, und da hat's ihm ein klein Rucker nach der Tür hin geben, und er hätt recht gern „Gute Nacht" gsagt, wenn ihm nit auf einmal gar so trocken im Hals worden wär, und so ohne „Bhüt dich Gott" davonrennen, das wär doch unschicksam, bsonders gegen a kluge Frau, mit der man's schon gar nit verderben darf.

Na, sagt die Waldfrau, da marschier hinein und setz dich! Und meint: in die Mitten von den Totenknochen, wo ein Schemel gstanden is.

Das war eine rechte Not, hat sich doch der Hanns gefürchtet, er tritt so ein Toten auf den Kopf, und wer weiß, wo die Alte die Köpf aufglesen hat, es haben die schönsten Leut darunter sein können, die ihrn Respekt verlangen, vielleicht sein eigener Urgroßvater.

So tappt er halt in Gottsnam hinein in den Zauberkreis, und vor er sich auf den Schemel setzt, meint er: Es würd sich doch nicht recht schicken, und er is net kommen, um ihr Beschwer zu machen, und will er sich halt doch ein klein wengerl niedersetzen, daß er der klugen Frau 'n Schlaf nit austragt, und will ihr schnell sagn, was er eigentlich will.

Das weiß ich schon, sagt die Waldfrau und gibt ihm ein großes Stundenglas in die Hand, geht dann von ihm weg, langt sich ein Laib Brot von der Stellen herunter und schneidt die Gottesgab an...

Der Hanns hat dieweil die Totenköpf angschaut und die ihn, und denkt sich der Hanns: Was das für a Zeit sein wird, wo du auch wirst keine Nasen habn und soviel große Augen und doch nix sehen damit?! Und wie lang wird wohl hin sein?

Jetzt bist noch stämmig und rüstig, und die Leut nennen dich „kein unebnen Bubn". Die Gretl ist auch so ein mordsaubers Dirndel. Die Jahr her, die ich mit ihr geh, is s' nur säubriger wordn.

‚Ah geht', sagt die Gretl, ‚du schmeichlerische Katz, siehst denn nit, daß ich doch schon bissel abfall, und auf der Stirn kommen schon die Falten, wenn's auch noch so fein sein wie die Spinnenwebn.'

‚Na', sagt der Hanns, ‚laß gut sein, du taugst mir deßtwegen noch alleweil, meinst, *mir* bleibt aus, was dir blüht? Und so is's gut, und so is's recht, so habn wir uns doch die Unsäubrigkeit nicht vorzuwerfen.'

,Aber, Hanns', sagt die Gretl, ,das alles wär schon recht, aber die Kräfte verlassen ein doch auch.'

,Teufel h'nein', sagt er, ,freilich, an das hab ich nit denkt, aber zum verspürn fang ich's auch schon an.'

,No, no', sagt die Gretl, ,dann is's Rest, wann wir nimmer arbeiten können wie früher, dann is's gar gar!'

,Es will nimmer weiter', sagt die Gretl, ,mein Bauer hat gsagt, ich taug ihm nimmer, ich verdienet nimmer 's Wasser mit meiner Arbeit, ich sollt schon lieber zum Betteln schaun.'

,O du mein Gott', sagt der Hanns, ,dasselb hat mein Bauer heut auch zu mir gsagt.'

,So, na schön', sagt die Gretl, ,da komm nur gleich und laß uns zur Kirchtür herstelln.'

,Gut – gut – la – la', lacht der alte Hanns und stellt sich zur Kirchtür. ,Hihi, Gretl, wie du ausschaust!'

,Du alter Schüppel', sagt die Gretl, ,meinst, du schaust lieber aus? Taug ich dir leicht nimmer? – Gelt, als jung Ding war ich dir recht, daß ich die Jahre neben dir herlauf? – O du!' – Dabei gibt sie ihm mit der geballten Faust ein Renner.

,Du Bisgurn*', sagt der alte Hanns und hebt sein Stock.

Da fahrt ihm das wüste Weibsbild in die Haar, und sie balgen sich vor der Kirch, und die Leut weichen aus und schimpfen und lachen.

,Gretl', sagt der Hanns keuchend, ,laß gut sein, du verreißt mir mein wenig Haar – krallt hast mich auch, du wilde Katz – mir sein recht nette Bettelleut, in dem Kirchspiel halten s' uns schon für versoffen, da geben s' uns nix.'

Und die alte Gretl schleicht mit ihm weg von der Kirchtür, und sie setzen sich allzwei auf ein Grab nieder, wo ein großer Stein davor in der Kirchmauer ist und drauf ein großer Totenkopf mit Beiner übers Kreuz; – d' jungen Dirndln redt man davon ab, aber an Totenkopf darf s' schon so habn, die Beiner. ‚Jesus', sagt der Hanns, ‚wie lang wird's noch dauern, so schaun wir auch nit anderst aus!'

Die Gretl trocknet ihm mitm Tüchel 's Blut vom Gsicht, wo's ihm nach ihrem Kratzen hergloffen is. ‚Ich wollt, 's wär schon am End', sagt s', ‚wann nur früher a schöner Lebn gwesen wär.'

‚O du mein', seufzt der Hanns. ‚Wohl, wohl, wir habn uns halt verpaßt, was lieget daran, wann's auch am End so kommen wär und nit anderster, könnt mer doch sagen, mer hätt glebt; Kinder könnt mer habn, dö was taugn und 'n alten Eltern zeitweis was vergunnen und zukommen ließen, und wer weiß, hätt's grad so kommen müssen? Hätt der Himmel nöt können sein Segen drein gebn, wann wir ihm vertraut und auf unsere arbeitsame Händ baut hätten?!'

‚O freilich', sagt die Gretl.

‚Ja', sagt der Hanns, ‚bei sündigem Fürnehmen geht's *Hüst* und *Hott*, und bei rechtschaffene Vorsätz ist's *Öha*! Mir hättn uns all die Spottredn versparn und a gscheit Lebn führn können, so habn wir alles verpaßt! Wie ruhig könnt mer dasitzn aufm Grab und fragn: Wann kimmt die Reih auf uns? Wann werden wir so ausschaun wie der Boanerbartl* dort an der Wand? – Wann wir so glebt hätten wie ander Leut! So habn wir uns nie z' leben traut, und hitzt soll's ans Sterben gehn – wann s' uns mal ausgrabn, wir müssen ganz verdrehte Köpf habn! Im Himmel laßt sich auch nix einholn, der Pfarrer sagt, dort geb's keine Mandln und Weibln, wir habn's für Zeit und Ewigkeit verhaut. O Herrgott, gabst, daß wir noch mal jung wurden, ich wüßt, was ich tät!'

‚O du mein Herr und Heiland', sagt die Gretl, ‚dös wird halt nimmer sein', und dabei weint die Alte, daß 'n Hanns, so wie er neben ihr sitzt, auch mit beutelt.

‚Du bist do a gute Seel', sagt der Hanns, und wie er mit seine zittrigen Händ hinüberlangt, damit er die Alte um die Achsel nehmen und trösten kann, fällt ihm sein Stock aus der Hand . . . und . . .

Du Sakra du, schreit die Waldfrau, verbrich mir die Sanduhr nit!

Und er schaut auf, da sitzt er aufm Schemel, neben ihm auf der Erd liegt die Sanduhr, die er hat fallen lassen, und rundum sind die Totenköpf – er ist in der Hütten der Waldfrau, und alles war nur so ein einwendigs Gsicht.

Die Waldfrau aber is grad mitm Messer um 'n ganzen Brotlaib herumkommen – nit länger hat 's Ganze dauert, als sie ihr Stückel Brot geschnitten hat. – Jetzt nimmt sie's in die eine Hand, beißt ein rechtschaffen Stück ab und hält die andere Hand offen hin.

Der Hanns sucht mit zitterndem Finger aus all seine Säck seine Kreuzer zusamm, nit ein hat er bhalten, alle hat er der klugen Frau geben. Ganz aufrecht ist er dagstanden, als ob er das Dach von der Hütten traget und wär ihm nur a Spaß! Die Augen habn ihm geleucht, und die Zähn hat er übereinander gebissen. Und die Waldfrau hat 's Maul voll ghabt und kaut und gschluckt.

Keins hat ein Wörtl geredt.

Der Hanns ist fortgangen, und die Waldfrau hat hinter ihm zugriegelt. Dann is es lang still blieben draußen in der klaren Nacht, bis einer beim letzten Baum, wo die Waldnasen aufhört, ein Juchezer tan hat, daß die Blattln aufm Baum und 's Gesträuch aufm Boden zitternd wordn sein, und drüben hat er einen schlafenden Berg aufgweckt, daß der auch mit ein'm Schrei munter wordn is.

Dann ist der eine auf das Dorf zutrabt, wo die Gretl haust; – an der Straßen sind die Wegschranken hingelaufen, da hat er sich angstemmt und einen Balken ausghobn und über die Achsel geschultert, wie die Riesen mit die Wiesbäum getan haben sollen, er ist sich wohl so vorkommen, als wär er heut so ein halbgewachsener Riesenkerl, und wie er zur Gretl ihrm Fenster kommt, tupft er ganz säuberlich mit sein'm Wiesbaum an die Scheiben an.

Das Glas war gleich gescheiter und hat nachgegeben, und ein handgroßes Stück is ausgebrochen und im Mondlicht wie eine Sternschneuze ins Gras heruntergeschossen.

Und oben hat die Gretl geschrien.

Und unten hat der Hanns gelacht.

Und wie sich die Gretl erholt hat von ihrem Schrecken, fragt sie, was die weise Frau gesagt hat.

Gsagt hat sie nix, sagt der Hanns, aber geheirat wird!

„Und geheirat is wordn, und aus is die Gschicht", sagte der Steinklopferhanns, klopfte sein Pfeifchen aus und machte Anstalt, wieder nach der Straße hinabzusteigen.

„Bhüt euch Gott", sagt er und geht ein paar Schritt, dann bleibt er stehen. „Ist doch schad, daß es heuttags kein Waldfrau mehr gibt!"

Mittlerweile hatte auch auf den Feldern die Arbeit wieder begonnen, und die „ewigen Liebsleut" beeilten sich, auf ihren Arbeitsplatz zu kommen.

Der Bursch spuckte in die Fäuste, und nachdem er den ersten Sensenschwung getan, sagte er über die Achsel hinüber nach der Dirn, die in seiner Nähe arbeitete: „Ich geh doch probweis!"

Die beiden sprachen nicht ein Wort weiter, aber die Arbeit ging ihnen so flink von der Hand; hätte sie die alte Base sehen können, sie hätte ihre helle Freude über diese Probleute haben müssen.

Nun, die hatte sie auch bald.

„Und geheirat ist wordn, und aus is die Gschicht."

*

Abend war's geworden. Der Steinklopferhanns tat den letzten Schlag, warf die schweren Hämmer über die Achsel und machte sich auf den Heimweg; durch das Dorf ging er nicht, aber an den letzten Häusern, die an der Straße lagen, mußte er vorüber. Die letzte Hütte sah gar armselig aus, und wenn ihr Inwohner, der „Gruß-Franzl", wie jetzt nach Feierabend, vor ihr auf der hölzernen Bank saß, so sah dies wie ein gerechtfertigtes Mißtrauen gegen das Gemäuer aus, das, statt Schutz zu verheißen, im Gegenteile durch seine Dachlücken mit aller Ungunst des Wetters im Bunde zu stehen schien und mit seinen Sprüngen, Rissen und Senkungen sich so bedrohlich ausnahm, als wollte es seinem Eigner die wenigen Atemzüge in der freien Luft noch gestatten, um dann nachts über ihm zusammenzustürzen. Ob er das wohl recht übel genommen hätte?!

Er sah selbst verfallen und vom Wetter und Schicksal hart mitgenommen aus. Er hieß der „Gruß-Franzl", weil er im Gebrauche hatte, jedermann, der die Straße vorüberzog, er mochte ihm bekannt sein oder nicht, demütig mit abgenommener Mütze zu grüßen; das sollen nun oft Fremde mißverstanden haben, und sie ließen ein oder die andere landesübliche Münze in die vorgehaltene Mütze gleiten; die Leute im Dorf sagen es dem „Gruß-Franzl" nach, daß er sich nie die Mühe nahm, dieses Mißverständnis aufzuklären, sondern die kleine Gabe lieber in seine Tasche schob. Neidische Leute! Er hatte recht, er war ein höflicher Mensch und wollte den mitleidigen Seelen die Verlegenheit ersparen, einen ehrlichen Arbeiter, der seine artige Angewohnheit hatte, für einen Bettler angesehen zu haben. Wie leicht hätten dann diese braven Leute auch bei wirklichen Bettlern nur dankend an den Hut greifen können, um nicht einen gleichen Verstoß wie bei ihm zu begehen?! Darum ließ er jegliche Aufklärung unter Wege. Ja, die leidige Aufklärung, sie war hier so beschämend für den Fürsten wie abträglich für den Bettler!

Er ließ großmütig die Welt in ihrem Irrtume.

Er war allerdings ein ehrlicher Arbeiter, er hatte nichts als seine Hütte, die Felder ringsherum gehörten anderen, und wollte er von denen etwas genießen, so mußte er dieses fremde Eigentum bearbeiten helfen. Ah, das trug spottwenig ein, und es nahm den Menschen recht mit, an Kraft und auch an Mut.

Und so, mit der Zeit recht zaghaft geworden, auf sich selbst gar wenig mehr bauend, hatte sich der „Gruß-Franzl" angewöhnt, alle Welt zu grüßen; die um ihn lebten und die er kannte, damit sie ihm freundlich bleiben und ihm nichts in den Weg legen möchten, und die Fremden, weil er die Leute gar sehr bewunderte, die so in Geschäften oder zu ihrer Lust in aller Welt herumkamen! Wie achtbar war ihm der Krämer mit der Kraxe auf dem Rücken, dem flinken Fuß- und dem noch flinkern Maulwerk! Der Mann mußte Courage haben, daß er sich's getraute, so auf sich allein gestellt in der Welt hinzuleben. Dem Lustreisenden, der rüstig den heitern Bergen zuschritt, blickte er immer kopfschüttelnd nach; wie gut mußte es so einem gehen, daß er in hellem Übermut nach den Höhen kletterte, wo der „Gruß-Franzl" doch froh war, wenn ihn diese „Beschwer" nicht oft im Jahr traf. Ja freilich, als Bub hat es ihm oben gleichwohl gefallen, aber das ist lang her, seitdem ist so viel anders geworden, und da droben ist's immer gleich geblieben, was war daran zu sehen?

Auch der Bettler auf der Straße war ein rechter Mann; den Leuten mit dem Maul die Groschen aus der Tasche langen ist keine kleine Kunst. Freilich, am Jahrmarkt, in der Tierhütte, da hat er einmal ein Untier mit langem Rüssel gesehen, das machte auch das Kunststück, was aber der Groschen wert war, den es damals einem reichen Bauer aus der Tasche zog, das wußte es wohl nicht.

Ja, ja, alle Leute, wie sie die Straße vor ihm vorbeiliefen, waren ihm höheren Ranges, darum grüßte er sie, und wenn sich ja einer dazu verstieg, ihm ein Almosen zu reichen, so fand er, daß die Menschen doch nicht so schlecht seien, als die Welt sie ausschreie, und er habe es ja gewußt, die so in der Welt herumlaufen können, die hätten leicht schenken, der Hausgesessene sei der eigentliche Arme!

Wie alle Welt, so bekam auch der Steinklopferhanns, der jetzt, wie jeden Abend, an der Hütte vorbeiging, seinen Gruß. Das war auch einer von den Couragierten, die sich allein für sich zu leben getrauten, ohne nach den anderen Leuten zu fragen.

„Guten Abend, Steinklopferhanns."

„Guten Abend, Franz, ruck zu auf dein Bankl und laß mich hersetzen, hab heut rechtschaffen gehammert, hab mich vielleicht bissel übernommen; wenn die Steiner gar so hart von'nand gehn, da klopf ich wie wütig drauflos! Ein kleins wenig mag ich schon gern rasten."

„Na, fürs Sitzendürfen könntst schon was derzähln. Weißt nix?"

„Was fragst denn? Ich sollt nix zum Verzähln wissen? Ich? Na, könnt keiner mehr was verzähln, wenn ich net. Ich kauf 'n Schullehrer aus mitsamt seine Bücher. Er meint gleichwohl, 's wär alles wahr und verbrieft, was drin stund, aber mein Seel, mein letztes Stäuberl Tabak, wie ich's jetzt in die Pfeif stopf, setz ich dagegen, daß seine Geschichten nit a Haar besser sein als die mein, a bisserl was Austipfelts*, a Brocken Lug und a Bröserl Wahrheit, und fertig is die Verzählung. Soll freilich, sagt der Schulmeister, alles vorzeit passiert sein; na, wer hat's denn gsehn, wie's da zugangen is? Von uns keiner. Und dö von damal habn auch keiner mehr gsagt, als s' gwußt habn; is wohl auch viel Ausdenkts dabei, wie's hätt sein können, wenn man grad nit gwußt hat, wie's gwesen is. Der Müller im Ort hat auch sein Jüngsten, 'n Jakoberl, gfragt, wie er 's erst Mal in der Kirch war, was er gsehn hat. Sagt der: ‚Ein Menge steinerne und aufgemalne Leut, vor dö man sich nix z' reden traut hat, und dann hab ich gsehn, was wir ganz klein in der Kammer habn, großmächtig, ich habs gleich derkennt, weißt, wie die zwei Leut vom Baden kommen, und 's Vieh hat ihnen derweil die Äpfel vom Baum gfressen.‘ Haha, 's war aber Adam und Eva am Paradeis! Und der Bub hat's gsagt, wie's ihm expliziert wordn is, fürn Adam und d' Eva war er 'n Eltern noch z' jung. No, was soll ich dir denn derzähln?“ – „Weißt, Hanns, was Trostreichs, wo gut drauf z' schlafen is.“

„So? So werd ich dir halt derzähln, wie's mir am Jüngsten Tag gangen is.“

„No, is doch nit schon der Jüngste Tag vorbei gwest?“

„Dös nit, aber traumt hat mer davon. Los nur zu. Hab's noch kein'm verzählt.“

2. *Die Gschicht vom Jüngsten Tag*

Da sein wir so alle nacheinander herglegn, wir Toten, drunter und drüber, einschichtig, paarweis, z' dritt und z' viert und wie sich's halt troffen hat – ich weiß nit, warn's 3000 Jahr, 2000 Jahr, sechs Wochen, oder was für a Zeit war, nach mein'm Versterben, die allerältesten wie die jüngsten Toten führn kein Kalender. Auf einmal is mir, als wurd blasen – aber schon wie! Du weißt noch, wie die böhmischen Musikanten bei uns warn im Ort und sein Gmeinwirtshaus in die klein Gaststubn kämma, wie da, sooft der kleine Dicke mit der großen Blechblasen anghobn hat, die Wänd zum zittern angfangt habn, just a so war's, tief bis in die Erd nein hat sich alles beutelt.

Na, du weißt, unsereins schindt sich gehörig, und man hat sein gsunds Stückl Schlaf. Na so denk ich mir, is dös dumm, is gwiß wieder so a Malefizball beim Wirten im Dorf unten, daß man kein Ruh hat – und will mir die Augn reibn – heilige Mutter Anna, war das a Schrocken, wie ich mir mit die dürren Beiner in die leeren Augen einifahr – und am ganzen Leib zum scheppern anfang!! – Jessas, denk ich, du bist ja vorlängst verstorbn – und hitzt dürft etwa gar schon der Jüngste Tag sein. Wann ich nur gschwind mein Hosen zum Neinschliefen bei der Hand hätt –! So kannst doch nit unter die Leut gehn! –

Ich tapp rum, greif aber nur dort und da ein Knopf von der Hosen, in derer sie mich vorzeit beigsetzt habn, und wo ich an mich ankomm, gspür ich's deutlich, ich muß ausschaun wie der angmalne Tod an der Kirchhofmauer. Brauchst gar kein Gwandstuck, denk ich mir, hast ja eh nix Unanständigs an dir, wann dich aber nur nit der Spodiumbrenner* aus der Kreisstadt derglengt, da gang's dir übel!

Ich überleg's noch, sollst naus oder nit? Aber es is so a Hundsmüdigkeit über mich kämma, daß ich zum tunken* angfangt hab. Und wie ich mich so ausstreck, gspür ich noch, daß sich an die Beiner was ansetzt, nit anderst wie der Feuerschwamm an die Bäum.

Dann schlaf ich wieder.

Wie ich munter werd, scheint die Sonn in mein Truhen, rundum is die Erd aufgwühlt als wie von einer Million

Mäus und Maulwürf. Ich schau mich an, o fix h'nein, da is derweil der Feuerschwamm rundum sauber nachgwachsen, ich bin a mordsauberer Bursch wordn, ich heb mich, ich guck rum – alle Gruben sein leer! Jesses Maria, hab ich dir 'n Jüngsten Tag verschlafen ghabt.

Ich war dir ganz verzagt.

Schau in mein Grubn, sieh noch die schweren Hämmer, nimm's auf die Achsel, denk mir, gilt's oder gilt's net, schaust halt, wo du zum ewigen Leben dein Brot hernimmst; wann sie 's himmlische Jerusalem bauen, werden s' wohl auch a Straßen hinführen, müßt's doch im Himmel mitm Teufel zugehn, wann's da keine Steiner zum klopfen gab!

Wie ich noch so spintisier, kommen zwei Engerln dahergflogn, fledern um mich herum. Dös war so sauber, daß ich mein guten Hamur wieder krieg und sag: Na, ös himmlisch's Geziefer, was pfnurrts mir denn um 'n Kopf? Was wollts ös?

Sagn s': Hanns, du sollst zum Gottvatern kommen.

Sag ich: Ehnder muß ich mich doch a weng waschen und anziehn.

Sagn s': Dös gibt's net unter die Selign.

Sag ich: Dös is unscheniert; aber ös werds uns doch nit 's ewige Leben neiden. Wann mir im Schmutz dersticken, was nutzt uns die ganze Seligkeit?!

Sagn s', ich soll keine Umständ machen und mitkommen.

Einer packt meine Hammer und tragt mir s' nach, und der andere führt mich, und wir kommen zum Gottvatern.

Und wie er uns sieht, hebt der Gottvater die Hand mit den drei ausgstreckten Fingern in d' Höh, wie im Bild am Hochaltar, und sagt: Grüß dich Gott, Hanns!

Sag ich: Grüß dich Gott, Gottvater!

No, sagt er, wie gfallt dir denn die aufgewärmte Welt?

Sag ich drauf: Lieber Gottvater, du mußt's für kein vorlaute Red nehmen, aber ich kenn mich halt eben da noch nit aus. Die frühere Welt war auch kein schlechts Stückl Arbeit – Gott bewahr –, a jeds hat was drein gfunden, was ihm gfallen hat, und die meisten habn gmeint, die Dirndln wärn dir so viel gut graten. Aber a bissel Zeit hättst dir schon lassen können – was richt eins in sechs Tägen? Es war ja kein gefriemte* Sach, dö aufn Tag hätt fertig sein müssen! Ich hab mich auch nit recht mit allem abfinden können – und so tat ich dich rechtschaffen bitten, wann mir's etwa da auch wieder nit anstehn sollt, tu mir den Gfalln und mach, daß ich auch im ewign Lebn wieder versterbn kann.

Räsonnierhannsl, sagt der Gottvater und lacht, tu, wie's d' willst. Ich hab's aber gleich gestern gmerkt, wie ich enk Glump aufgweckt hab, ös seids nit anderst wordn, wie 's gwesen seids; seids noch alleweil nit gscheit!

Mein Gott, sag ich, hättst uns gscheiter gmacht!

Sagt er: Ja, glaubst, ich hab mein Allmacht gstohln, wollts ös gar nix dazu tun? In d' tausend und tausend Jahr schau ich enk schon zu, und seids noch alleweil so dumm! Wöllts ös nit leicht a ganz andere Welt und ein ganz andern Herrgottn? Tauget grad zu euch! – He, liegt da unten nit auch noch der Gruß-Franzl und schnarcht in Jüngsten Tag nein? Na, dem is da auch 's Grüßen verspart!

Lieber Gottvater, sag ich, dös legt der nit ab.

Herobn tragn wir keine Haubn, sagt er.

Da nimmt der ehender 'n Kopf abe, als er's sein laßt! Ich kenn ihn, sag ich.

Na, so sagt es der heiligen Veronika, sie soll ihm was zurichten für sein Kopf, lacht der Gottvater. Na, was sag ich denn, muß der nit sein Mützen habn, daß er im ewigen Lebn fortgrüßen kann, und dir muß ich wohl auch dein Pfeifen derlauben, daß d' doch meinst, du bist es!? Was half euch die gscheiteste Welt? Jetzt mach, daß d' nunter kommst zum Gruß-Franzl, und sag ihm, ich nehm enk nix in Übel auf, die andern, die sich's da unten meist habn wohl sein lassen, die habn freilich a leicht Auferstehn ghabt, die warn ausgschlafen, ös habts aber auf Erden schwer gearbeit! Also sag ihm, es macht nix, wann er 'n Jüngsten Tag verschlaft, und im ewign Lebn soll er auch sein himmlische Mützen habn! –

„Da wär ich recht froh", sagte der Gruß-Franzl, „wann der Traum so ausging!"

„Warum sollt er nit? Gute Nacht!"

Der Steinklopferhanns ging seiner Wege.

II

Waren sie heute neugierig gewesen im Ort! „Horch, was ist das?" und „Horch, was mag's sein?" hieß es schon frühmorgens, denn überm Berg drüben hat es so gepfustert und gerädelt, als ob eine Eisenbahn wäre – so sagten nämlich einige, die schon eine solche probiert hatten.

Der Ort lag im Tal, und hinter den Bergen fing ein hübsch groß Stück Flachland an, dort war es, wo es heut nicht recht geheuer schien, aber wie groß auch die Neugier sein mochte, es ging eben ans Schneiden*, und da hatte keines Zeit für einen halbstündigen Aufstieg oder gar um den Berg herum anderthalb Stund nach der Ausmünd zu rennen und in die Ebene zu gaffen.

Um Mittag zur Rastzeit erst kamen ein paar zurück, die eher ihrer Neugier ein Opfer bringen konnten, da sie gar nichts zu schaffen wußten. Die alten Ausnehmer, der „Lepold" und sein Weib, waren schon frühmorgens die Straße dahingehumpelt, wobei sie den Weg mit ihren Stöcken schlugen – wahrscheinlich, weil es ihnen nicht nach Wunsch vorwärts ging –, der aber kehrte sich gar nicht daran, blieb ruhig liegen, so lang er war, tat wohl gar boshafterweis manchmal unversehens ein Loch vor den alten Leuten auf, in das sie sodann mit kindischem „Hopperla“ regelmäßig hineinstolperten.

Und als die beiden endlich doch, abgehetzt und hundemüde, das Talende erreichten und vor sich in die weite Fläche hineinlugten, da kannten sie sich noch weniger aus. Denn dort und da stieg über den Feldern kohlrabenpechschwarzer Rauch auf, es gab aber gar keinen Feuerlärm von all den Kirchtürmen ringsum in der Weite, und dazu pfusterte und rädelte es fort und fort. Eisenbahn war über Nacht keine ins Land gekommen – nein, nein, das geht nicht so schnell, das hatte ihnen einer gesagt, der selbst an einer solchen mit gegraben und geschaufelt hatte.

„Nun, und was ist's denn?“ und „was war's denn nachher?“ fragten die Leute, nachdem sie den verwirrten Bericht gehört hatten.

Da waren ihrer zwei im Ort, die sich heute schon oftmal mit einem überlegenen Blinzeln angesehen hatten, und das war der reichste Bauernsohn und das ärmste Dorfkind. Der eine so reich und der andere so arm, daß ihnen das an ihre Rufnamen angehängt wurde, und so hieß der eine „der reiche Lois“ und der andere „der arme Melcher“. Und sonderbar, der arme Melcher wußte es so gut wie der reiche Lois, was da überm Berg vorging, und wenn er's aus Bescheidenheit oder Demütigkeit vor den andern nicht aussagte, so war doch der reiche Lois, so gern er sich auch sonst überheben mochte, diesmal auf die Bekräftigung seiner Worte durch den armen Melcher angewiesen.

Als es vorm Jahr hieß, „in Wien hätten sie alles, was in allen vier Enden der Welt gearbeit, gehandelt und gebaut würde, unter ein großes Dach gebracht, und da könnt jeder hineingehn und sich's anschaun“, da litt es weder den reichen Lois noch den armen Melcher mehr daheim, der eine ließ sich von seinem „Alten“ das Reisegeld und einen schönen Zehrpfennig geben, der andere hat sich bis Wien durchgebettelt und dort Verwandte – der Himmel weiß wohl, wievielten Grades! – aufzufinden gewußt; ob es denen zur großen Freude geschah, tut nichts zur Sache, eine Woche herbergten sie ihn doch.

„Was wird's sein?“ sagte der reiche Lois und streckte sich, so hoch er war, und sah stolz um sich. „Was wird's sein? Der Ökonomiker, der Herr Graf entern Berg, schneidt mit Dampf – nit wahr, Melcher?“

Melcher nickte bekräftigend so leichthin mit dem Kopfe, als wäre das „Schneiden mit Dampf“ der geringsten Kleinigkeiten eine, die er zu bestätigen wüßte, lohn sich kaum der Müh und wüßte „ihrer einer“ noch gar andere Sachen.

„So, so“, sagten die, die ins Tagwerken gingen. „So, so“, und schüttelten die Köpfe. „Kämen s' richtig schon mit den Malefizmaschinen angerückt?“

Sie zweifelten gar nicht an dem, was der reiche Lois aussagte, sie hatten schon lange gefürchtet, davon hören zu müssen, und nicht nur, was der Mensch hofft, auch was er fürchtet, glaubt er leicht!

„Schneiden mit Dampf?“ sagten die andern, denen die Sache nicht so nahe ging, und schüttelten zweifelnd die Köpfe.

Das war dem reichen Lois an die Ehr gegriffen. „Ihr Fexen, seid Ihr dabei gewesen wie unsereins, daß ihr so redt? Schneiden mit Dampf? – Warum nit? Man pflügt, man säet, man schneidt, man drischt mit Dampf! Meint man doch nit, man könnt seinen eigenen Augen trauen, wenn man's mit ansieht, was man alles betreibt mit Dampf! Spinnt und webt man nicht, wäscht und mahlt man nicht, und weiß was sonst noch, alles per Dampf? Gelt, Melcher?“

Melcher nickte wieder bekräftigend und sagte aus: man pflüge, säe, schneide, dresche, spinne, webe, wasche und mahle, und weiß was sonst noch, alles per Dampf.

„Schaut man so eine Maschin“, fuhr der reiche Lois fort, „glaubt man erst, das sei ein wahrer Höllspuk, aber sieht man näher zu, kriegt die Sach Händ und Füß und Kopf obendrein. Seht, obenaus geht der Rauch von der Feuerung in die Höh“ – Lois zeigte dabei nach seinem Hut, um den Leuten den Schlot der Maschine zu versinnlichen –, „und hintenaus entweicht der Dampf.“ – Alle drängten sich herzu, um die Erklärung recht würdigen zu können, und betrachteten sich die bedenkliche Stelle, wo nach der Versicherung des Sachverständigen „der Dampf entweiche“, und ihre Zweifel wurden wankend.

Als aber gar der Lois ihnen zeigte, wie zur Seite rechts und links an langen Stangen die Sensen ins Korn hineinfahren und, während die Maschine langsam vorwärts sich bewege, herumfuselten, solange noch ein Halm auf dem Acker stünde, und als er bedauerte, ihnen das nur mit seinen zwei alleinigen Armen vormachen zu können, da der Sensen rundum wohl an fünfzig oder hundert, wenn nicht gar mehr wären, und als sich in dieser Not der Melcher ihm anschloß und beide gar belehrend, mit den Armen fuchtelnd, über das Feld hinschritten, da zweifelte keiner mehr, die Mähmaschine stand leibhaftig als unantastbare Tatsache vor ihnen. Ganz unbestritten wie der Telegraph und ebenso einleuchtend wie der, so was Alltägliches, daß eigentlich keiner zu sagen wußte, warum ihm das nicht schon längst selbst eingefallen sei, obwohl keiner seinem Buben widersprach, wenn der gelegentlich die Meinung an den Tag legte, daß an den langen Drähten gezogen würde und die Depeschen demnach aus lauter kleinen „Ruckerln“ bestünden, die der Beamte am Arm oder Fuß, wo der Draht eben befestigt sei, verspüre.

War das Bescheidenheit, um vor den eigenen Kindern nicht mit dem Besserwissen zu prunken? Ach, die meisten Leute lassen sich noch heuttags die ungereimtesten Wunder, die niemand und nirgends erlebt, als glaubwürdig einreden, und an denen, inmitten deren wir leben, gehen sie gleichgültig vorüber; da seht zu, denn das sind lauter begreifliche Wunder, und da ziehet fromm den Hut, denn das hat der Menschengeist erdacht und errungen, und das ist Geist von eurem Geiste, und der heitere Stolz, der euch beschleicht, wenn ihr still vor euch hin sagt: „Das hat der Mensch erdacht!" – das ist der Gruß Gottes an die strebende, ringende Menschheit!

Mittlerweile aber ging es gar sonderbar auf dem Felde zu, wo der reiche Lois und der arme Melcher den Leuten die Mähmaschine vormachten, denn nicht lange währte es, so fühlte jeder große Lust, zu zeigen, daß an ihm die Belehrung nicht nutzlos aufgewendet worden wäre, und daß er das Ding jetzt schon „weg" habe, und so schloß sich erst einer, dann der andere dem voranschreitenden Lois an, und bald schritten alle Mannsleute in einer langen Kette hinter dem Führer daher und fuchtelten also anschaulich mit den Armen, und da waren jetzt wirklich rundum wohl an fünfzig oder hundert, wenn nicht gar mehr Sensen in Arbeit, und so mähten sie über das leere Feld, daß es eine Freude war.

Ja, wenn einer was Neues lernt, so ohne Müh, das gibt viel Lust und Freud, und geht nichts über einen wackeren Lehrmeister, etwa wie der reiche Lois einer war.

Abseits standen die Weibsleute und wußten nicht, sollten sie lachen oder erschreckt tun, denn die Männer arbeiteten sich ganz rechtschaffen ab, freilich ohne Nutz, und taktweis war's immer ein Streich, wenn ihre Arme durch die Luft fuhren, und keiner zeigte eine Falte im Gesicht – der Augenblick war sehr ernst.

Himmel, wie erschraken sie, und wie fuhr die Kette auseinander, als plötzlich ein greller Pfiff ertönte, als sollte es der Maschine an gar nichts fehlen.

Da war mit einmal die ganze Maschine hübsch in alle Teile zerlegt. Die Weiber lachten wie toll, und der letzte, der sich unbemerkt dem Zuge angeschlossen, der fuchtelte noch fort und fort mit den Armen, schnaubte und stieß dann wieder jenen erschrecklichen Pfiff aus.

Jetzt aber lachten alle und riefen: „Der Steinklopferhanns!"

Der war es auch, er ließ jetzt die Arme sinken, stellte die Arbeit ein und sagte: „Grüß enk Gott! Ich hab schon gmeint, ös seids alle miteinander narrisch wordn."

„Ah na", sagte einer „was d' gsehn hast, dös war nur die Mähmaschine von drüben, vom Herrn Grafen, wie s' uns der reiche Lois erklärt hat."

Man sieht, Undank ist der Welt Lohn; daß der arme Melcher sie mit aufgeklärt hatte, daran dachte keiner mehr.

„Ah", sagte der Steinklopferhanns, „dös war also die Mähmaschin?! Na, is a a schöns Gspiel!"

„Ich find nix Lustigs an so einer Maschin", sagte ein Tagwerker, „dös bringt uns noch um unser Brot; was verbleibt uns hernacher? Dem feurigen Untier nachrennen und die Garben binden. Selb werden s' a bissel Müh nennen gegen früher und a nur a bissel Lohn zahln wolln dafür."

„Freilich wohl", sagte der Lehnerferdl, das war auch einer vom Tagwerk und nebenbei im ganzen Ort als verwegener Bursch bekannt, war keine Rauferei oder kein Unfug ohne ihn. „Freilich wohl", sagte der, „so kommt's und anderscht nit. Ich wüßt, was man tun sollt, aber ös seids lauter Letfeign, und eins allein richt da nix. Hinüber sollt man, mit des Grafen Tagwerkern sollt man reden, mit ihnen übereins werden und die höllischen Maschinen herausholen ausm Stadel und zurichten, daß s' kein Teufel mehr auf gleich bringt."

„Und d' Schandarmerie?" warf einer bedenklich ein.

„Ho", sagte der Lehnerferdl, „wegen der besinn ich mich nit lang, bis die kommt, ist die Tenne rein, dö Arbeit vorbei; folgts mir, dö solln die wenigsten von uns erwischen. Mir wolln keine Maschinen, hitzt ist's Zeit, daß man ein Weiser gibt, eh's zu spat wird und zviel schon in der Gegend sein, als daß man s' auf ein Streich abtun könnt. Nit wir Taglöhner allein, a Bauersleut vom alten Schlag mögen die Maschinenwirtschaft net. Arbeit' so ein Großer billiger, so druckt er alle Klein mitn Preis."

„Wohl, wohl", sagten mehrere, die kleine Wirtschaften hatten.

„Wer weiß, was uns so a Maschinzeit alles noch brächt? Hat's doch der reiche Lois selber gsagt, man traut sein eignen Augen kaum, was man hitzt alles mit Dampf betreibt."

„Was frag ich danach", sagte der Steinklopferhanns, „eins können s' doch nicht mit der Maschin!"

„Was?" fragte der Lehnerferdl.

„Leut in d' Welt setzen", sagte der Steinklopfer.

„Du bist allweil der unzeitig Spaßmacher", schrie der Lehnerferdl. „Allmal! Mit dir können s' auch noch fertig werden, die Steiner werdn s' doch mit Dampf verschlagen können?"

„Täten's vielleicht eh schon lang", lachte der Steinklopfer, „wann sich nur die Kohlen dafür auszahleten. D' Maschin kann doch nit, wie ich, nebenher betteln oder ins ‚Basteln' und Aushelfen gehn?!"

„No spaß du, no spaß du", ärgerte sich der Aufhetzer.

„Besser ein lustiger Spaß als ein trauriger Ernst", sagte der Hanns, „wie einer is, in den du die Leut hineinhetzen möchst! Dir wär doch nur zu tun um den Wirrwarr und um das Gaudium, wenn alles drunter und drüber ging, soweit kenn ich dich, und wenn du sagst, die Schandarm sollten die wenigsten fangen, so mein ich selber, daß sie nur die gringsten erwischen möchten, du wärst schon lang übers Eck. Und was wär leicht damit gericht? Kämen die Maschinen deßtwegen nicht ins Land? A wohl, wer s' braucht, der ruft s', und da sind s'. Halt einer ein Eisenbahnzug auf! Der bringt s' hergeführt, und wollt s' unsereiner habn, so a Maschin, möchts kein'm gfallen, wenn man ihm's möcht in Übel aufnehmen, daß er sein Geld drein legt. Aber Blitz h'nein, was red ich euch, mir liegt kein Maschin net auf, und euch tut sie's auch nit. Ös Lalli, verstunds was davon, so wüßts, selb kann 'm Grafen drenten von Nutz sein, aber d' für kein Bauer gibt's a Maschin, die überm krumpen Erdboden, über die Lehnen und Anstieg hinaus und hinunter was ausricht. Kind und Kindskinder verlebn wohl noch euer Tagwerkerlebn, für dös ös enk so wehrts, eh dös anderschter wird. Aber nachater kimmt a Zeit, wo noch kein Mensch a Idee hat davon als wie ich, der Steinklopferhanns, denn mir is's die vergangene Walpurgisnacht aufgangen wie dös Buch mit die sieben Siegeln; no, ös wißts, ich bin a Neusonntagskind, für unsereins hat's kein Geheimnis in die Rauhnächten*, 's ganze Jahr über und danach a noch net."

Einige stießen sich leise mit den Ellbogen an und lachten einander zu, andere aber, die noch abergläubig waren, blickten beinahe ehrfürchtig auf den Steinklopferhanns hin, da er versicherte, daß es für ihn kein Geheimnis habe, „'s ganze Jahr über und danach a noch nit". Da aber der Hanns während dieser Zeit des ehrfürchtigen Schweigens das Maul zutat, als ob er's nimmer aufmachen wollte, so fiel diesen gläubigen Seelen ein Stein vom Herzen, als ein vorlauter Bursche aus der Zahl derer, die meinten, der

Hanns sollte eigentlich Prahlhanns heißen, mit der Frage losbrach:

„No, und was war denn zu Walpurga?"

„Bist recht vorlaut für dein Alter", sagte der Steinklopfer. „Was geht's dich an? I mag's seit der Zeit nit leiden, daß man über d' Maschin schimpft."

„Verzähl doch Steinklopfer, verzähl", rief es jetzt von allen Seiten.

„Dös hab i mir eh denkt", sagte der Angerufene, „daß ös mir wieder eine von meinen wahrhaften Gschichten rausbrateln wöllts, um hinterdrein z' sagn, es wär alles derlogn und austipfelt. Gleichwohl liegt mir nix dran. Losts zu*."

3. Die Gschicht von der Maschin

Vergangene Walpurgisnacht war's – natürlich erst wie der Tag vorbei war, tagsüber ist's aber laut hergangen, ein'm Fabriksherrn in der Gegend sein seine Arbeiter zwider wordn, er hat sich an ihrer Stell Maschinen angschafft, die Lärmmacher fortgschickt und dö braven Leut zu dö Maschinen gstellt. Dös war am Vormittag. Nachmittag aber sein die Abdankten alle von dö Wirtshäuser, wo sie sich „Trost im Leiden" gholt haben, auszogen, der Fabrik zu; hinter ihnen her und mit ihnen Tagdiebe, Hausierer, Tagwerker, kurz, allerhand Gsindel – ich war a dabei.

Wie wir zu der Fabrik kommen sein, sein wir ganz keck hineingangen, dö braven Leut, die noch drin in Arbeit waren, haben uns zwar dös verwehrn wollen, aber wie s' gsehn habn, daß wir die mehrern sein, und wie s' zum Verkosten a noch a paar Puffer kriegt habn, da sein s' auf das, was nachkommt, nimmer neugierig gwest, sondern sein gutwillig davongrennt; der Herr und sein Buchhalter sein derweil vors Haus grennt und haben bald dort, bald da ein Träuperl Leut mit schöne Reden beschwichtigt. Derweil dö draußen zu dö Ungfährlichen schön gredt haben, hat's drin im Haus zum krachen und poltern angfangt – dös waren mir, von drinnat, wie wir uns über die Maschinen hergmacht haben. I bin so a Weil dabei gstanden, hab zugschaut, und wie's grad wieder über so ein Ding geht, da reißt's mich – tust a mit! –, und i heb da so a Trumm Eisen auf, hol aus und hau zu, dös Ding macht no ein Keuchezer, und hin war's!

Daß ich sag, dös war so ein schönes Durcheinander etwa noch a Viertelstund, dann heißt's auf einmal: Aushalten und verschwinden, von der Kreisstadt kommt a ganz's Bataillon Jäger. O du schmerzhafter Sebastian! Kaum sagt das einer zum andern, so hörn wir s' a schon blasen. No, jetzt ist der Wirrwarr angangen, 's Treten und Drucken, 's Arretieren, Kolbenstöß – ich weiß nur mehr, daß ich mit genauer Not durchgerutscht bin; mit ein Jager, der mich hat aufhaltn wolln, bin ich in 'n Graben nunterkugelt, und wie mir uns allzwei aufhelfen, kommt ihm die Bajonettscheid, die langmächtig Leberwurst, zwischen die Füß, und eh er sich noch wieder auf gleich zappelt hat, war ich schon lang im Wald.

Und im Wald war's schon nachtig, und wie ich mir grad so denk: Teufi h'nein, jetzt hast noch a gut Stuck Weg heim!, fallt mer ein: Heunt is Walpurga! Mir wird do glei nit recht gheuer, no, kein bsunders ruhiges Gwissen ha i grad a net ghabt, was ich in der Fabrik drin tan hab, war ja a grad kein bsunders rechtschaffens Stuck Arbeit, und daß ich zuletzt die Obrigkeit sich nach mir hab abezappeln lassen, war auch nit schön; aber da hat mich doch eins tröst: warum hat a die Obrigkeit so ein langen Überschwung* ghabt.

Sollst aufm Fahrweg verbleibn? Gehst die einsamsten Steig? Gehst lieber gar außi ausm Wald auf die mondhelle

Wiesen? Was tust, was is gscheiter? So hab ich spintisiert. Unde wie ich mich noch so bedenk, komm ich von freien Stücken ausm Wald außer, wißts ja alle den Fleck enter der Rieslermühl, wo rechts und links die Weidplätz in der Höh liegn, und mittdurch führt ein kleiner Hohlweg nach der Straß; von weitem hat man die Mühl ghört, sonst war alles mäuserlstill, dö Bäum sein bocksteif dagstanden, kein Lüftel, aber der Mondschein, ich sag euch's, der war anderschter als sonst, der hat so aufdringlich gleucht, als wußt er über jedes Steindl am Weg was zu sagen, um die Grashalm, wie's am Hohlwegrand heruntergħängt sein, hat er gspielt, und die Schatten haben völlig zittert in sein Glanz, es war frei ein lauts Licht!

Und grad, wie mir dös zum gfalln anfangen will, wird mir auf einmal, ich weiß nit wie; inmitten vom Hohlweg war ich, sonst wär ich glei lieber wieder zruckgrennt. Da kommt's a schon von weitem her, auf mich zu – ein mächtig groß Ding, glänzt, daß ein'm völlig die Augen weh tun, aus sein Hut is Rauch aufgstiegn, auf der ein Seiten hat's mit ein Arm in ein eisern Stiefel glangt und is dabei allweil hin- und hergfahren, grad wie wenn unsereins in einer Taschen nach Geld sucht und kann keins finden und gebärdt sich wie niet gescheit, und auf der andern Seiten hat's ein Radl ghabt, da war ein mächtig langer Schwungriem dran, und wie's so auf mich zurogelt* und ich schau so auf den Sappermentsriem, denk ich, jetzt is 's letzt End, wenn d' ein so ein Wixer kriegst, tut dir kein Bein mehr weh!

Hitzten steht das Ding auf einmal still, pfnaust Dampf aus und laßt den Schwungriem fallen. Da is mir glei leichter gwest. Und sagt das Ding zu mir: Kennst du mich?

Sag ich drauf: Nein, aber mir wär's lieb für ein anders Mal, wenn's sein könnt, denn heut is mir nit recht gut, und ich bin zu solche Dummheiten nit aufglegt.

Drauf sagt dös Ding nit ein Bissen, sundern tut ein Keuchezer und steht still.

Jesses und Josef, da hab ich's derkennt – war dös dö selige Maschin, dö ich heunt in der Fabrik umbracht hab.

Ös könnts enk denken, wie mir da war, allein, in der Walpurgisnacht mit so eim Spuk. 's Herz hat mir völlig ausm Leib heraus wollen vor Angst.

Sagt die Maschin noch immer so rauh und stoßweis wie vorher: Fürcht dich nicht. Tu, was ich dir sag, da hinten an mir hängt eine Kandl mit Öl, schmier mich!

Soviel auch meine Händ zittert haben, was mir jeder glauben kann, so hab ich doch die Kandl runtergnommen und hab halt, so gut ich's troffen hab, das Maschingespenst geschmiert.

Und wie's geschmiert war, hat's auf einmal mit milder Stimm anghebt zum reden: Hanns, hat's gsagt, du warst heut auch einer von dö dummen Simpeln, dö sich nichts Gscheiters z' tun gwußt habn als anderer Leut Sachen zu ruinieren, und die kein Respekt haben für das, was von braver Arbeit und rechtschaffenem Studieren in mir liegt! Aber dös verstehts ös net, und da muß man stillhalten und sich zerschlagen lassen. Ös wollts halt nit verstehn, nit begreifen, überhaupt nix lernen, es „glaubt" sich halt soviel leicht und es „weiß" sich halt soviel schwer, und solang's a so bleibt, geht die ganze Aufklärerei wie a Kindertanz um 'n Maibaum allweil rundum, und ohne daß man enk gscheit machen kann, sagt mer enk nur allweil: „Wie ös dumm seids!"

Da sag ich drauf: Vergelt's Gott, aber dazu brauch mer kein Maschin, dös sagn mir uns selber untereinander all Tag. Ah, so gscheit sein mer schon, daß mer dumm sein! – Denn wie vorhin der Spuk so freundschäftlich und eindringlich gredt hat, hab ich mir a Herz gfaßt ghabt, is mir aber glei wieder abigrutscht, wie's Maschingspenst anhebt: Hitzten steig auf mein Rucken, du mußt mit!

Ich will grad alle Heiligen zu Zeugen anrufen, daß ich seit der Kavallerie kein Roß mehr angschaut hab, daß ich Maschinenreiter schon gar keiner bin...

Aber da stoßt dös Ding fuchtig sein eisern Arm in den Stiefel auf der ein Seiten und draht 's Radl auf der andern, daß der Schwungriem fliegt.

In Gotts Nam, hab ich mir denkt und bin halt aufgstiegn, und wie ich sitz, geht's a schon furt, daß mer der Atem und die Sinn ausblieben sein, ich könnt enk's a nit sagen, wohin mich der Malefizspuk gführt hat.

's war mir aber so, als säß ich aufm höchsten Berg von der Welt, wie er heißt, könnts ja 'n Schulmeister fragn, gnug, daß ich drobn war, in der Walpurgisnacht vergangens Jahr.

Und wie ich so herunterguck auf dö Welt unter meiner, sagt die Maschin: So ist's jetzt!

Ich schau, da kommen s' daher in ein langen Zug, Arbeitsleut aller Art, alle verkrüppelt, bresthaft oder vorzeitig alt und ausgemergelt durch 'n strengen Erwerb, durch die ungsunde Hantierung, durch Trübsal um ihre alten Täg – und wie ich so in der Rund schau, seh ich die andern, die noch geschaffen haben, sich hinunterrackern wie die Viecher mit der schweren Arbeit, sich 's Blut vergiften mit Staub und so Farb- und andere Patzerein und wieder völlig zsammschrumpfen auf ein Fleck, von dem s' die Sorg ums Brot nit weglaßt, nit a wengerl in die freie Luft, kaum im Jahr amal! Wie ich so das Elend da vor meiner siech, schlag ich die Händ zsamm und sag: Himmlischer Vater! Du triffst doch allmal die rechte Mischung zwischen Herzload und Herzensfreud, daß 'm Menschen nit z' gut und nit z' übel wird auf der Welt und er 's Leben aushalten kann, denn Übermaß von ein'm oder 'm andern tut niemals a gut! Wie magst denn a so viel Mühsal auf *ein* Fleck zsammtragn?!

Sagt die Maschin: Strapazier dich nit, möcht der Herr allen Fragern z' Ghör sein, verbrauchert er sein ganze Ewigkeit zum Antworten. Derweil wir da reden, geht die Welt wieder ihr Ruckerl weiter. Schau lieber, wie's einmal sein wird.

Ich schau nieder. Is die ganze Welt wie verändert gwesen, alles, was man denken und sinnen kann, das nur möglich ist – es rührt der Mensch nit selber mit seine Händ dran, das haben Maschinen geschaffen, und an den Maschinen sind sie gstanden, die neuchen Leut, unverkrüppelt, unverkrümmt, schön groß, stark, und hat ihnen die Gsundheit und die Gscheitheit aus dö Augen gleucht, ist jeder wie ein König an der Maschin gstanden, die er gemeistert hat bis aufs letzte Radl.

Und über die Welt war *ein* großer Arbeitstag mit lauter saubre, lustige Arbeitsleut!

Und wie ich das siech, da hab ich mich in die Höh gstreckt und hab gjuchzt: Juche! Hitzt is 's Brotkörbl nieder, und das sein meine Leut, dö halten doch ein Puff aus, und so stehn s' mir an!

Und wie ich so schrei, verschwindet dös ganze Gsicht, d' Maschin packt mich wieder auf und setzt mich nachert ab, no ös kennts ja dös Platzl, enter der Rieslermühl inmitten vom Hohlweg; und wie s' mich da los is, sagt s': Servus!

Ich sag: Bhüt dich Gott und halt a fein Wort, Maschin!

Und fort war s'!...

Na also, dös war zu Walpurga voriges Jahr, und sider der Zeit mag ich kein Maschin schief anschaun, 's tut mir völlig schon um a Lichtschneuzen leid, wann s' a kleiner Bub zerbricht. No, wo is denn der Lehnerferdl hinkommen, schau, ich hätt grad gmeint, der wurd mich gern

Lugen strafen mögen! Bhüt Gott miteinander, hitzt muß ich wieder nauf nach mein Steinbruch!

III

Es war ein abscheuliches Verbrechen, das da draußen, eine Stunde Weges vom Orte, in der einsamen Mühle geschah. Der alte Müller, der darauf saß, war vor Jahren verwittibt und hatte eine junge Magd in Dienst genommen, die ihm sehr gefiel; als er nun merkte, sie werde in gutem ihm nicht zu Willen sein, so brauchte er Gewalt. Es hätte ihm übel bekommen können, wäre die Dirne damals in die Gerichte gegangen, aber was getraut sich so ein armes Geschöpf? Die demütigte sich vor dem Alten, beschwor ihn um Jesu willen, sie nicht in der Schande zu lassen; das war es, was er haben wollte, er machte sie zu seiner Müllerin, die Leute fanden das für ganz ausnehmend brav gehandelt und lobten und rühmten ihn – aber es bekam ihm übler!

Wie sich ein Ding anläßt, so wächst sich's auch aus, was mit Schande, Angst und Heimtücke begann, konnte nicht mit Ehr, Fried und Offenheit enden. Es kam da ein junger Knecht auf die Mühle, und den mochte die Müllerin leiden. Um ihre Jugend war sie betrogen worden, aber das junge Blut behielt sein Recht. Wohl wußten beide, es war nicht recht, was sie da im geheimen spannen, sie wußten es, gleich wie es anhob, die Müllerin wußte es, als sie dem Burschen zulächelte, und der Bursche wußte es, als er verlegen das Lächeln zurückgab, aber das sah sich doch ganz unschuldig an, und man konnte sich ja hüten, aber so blieb es bei jedem Schritte, mit dem sie sich mehr und mehr näher rückten, und zuletzt erschien den beiden selbst das Ärgste unverfänglich. Ihre Liebe war freilich nicht wie die anderer Leute, sie durften nicht stolz aufeinander sein, sie mußten darauf achten, daß man nicht merke, wie gut sie einander seien, und daran war nur der Alte schuld, sie hofften, er würde doch bald versterben. Einmal wallfahrte die Müllerin, ein andermal der Knecht nach einem nahen Gnadenorte und baten die Muttergottes, sie möchte sie erlösen, sie beteten – um den Tod eines Menschen!

Aber die Wallfahrer haben neuzeit wenig Glück, an den wundertätigen Wassern des fernen Lourdes* machen sie sich lächerlich und verächtlich, und in den Fluten der heimatlichen Mur* finden sie den Tod. Auch den beiden ging es nicht nach Wunsch, der Alte blieb rüstig und gesund, als sollte er ewig leben.

Das war hart für sie; wie lange sollten sie denn noch warten und harren, um es zu gleichem Ende wie andere Liebsleute führen zu können? Immer unleidlicher ward ihnen der Zwang und das Geheimtun, und so fielen sie denn in einer Nacht gemeinschaftlich über den Alten her und ließen nicht ab von ihm, bis er tot war, dann setzten sie die Mühle in Gang – das klapperte plötzlich weithin durch die Stille der Nacht, als wollte es das ruhende Tal aus dem Schlafe schrecken, aber ihnen taugte das Getöse, es ließ sie nicht klarwerden über das Geschehene und nicht an den kommenden Morgen denken. Den Leichnam warfen sie in das kreisende Rad...

Die Sonne, die sie weckte, war eine andere als die alte; was war das für ein abscheuliches Licht, das in alle Winkel spähte, durch jeden Bretterspalt fiel! Dort stahl es sich durch die verhangenen Fenster in die leere Kammer, und ein wirbelnder Streif tanzte über die Pölster des Bettes, fand aber nicht, wie sonst, einen Schläfer zu wecken. Wie glitzerte das Wasser am Mühlrade, und – oh, wer sich hinzuschauen getraut hätte! – wie es den toten Mann mit jeder Umdrehung hervor an das Licht schleifte! Aber da galt kein Säumen, lebendig wird es schon rings im Tale, die Leute werden kommen, daß sie auch kommen müssen, daß doch die Welt diese Nacht über ausgestorben wäre! Was sagen? Was tun?

Die Mühle wurde gestellt, die Müllerin stürzte mit Jammergeschrei, verwirrt und entsetzt in das Tal nach den nächsten Hütten, um den Leuten zuzuschreien, daß heute nacht ihr Mann verunglückt sei.

Aber die Sonne, die böse Sonne mit ihrem aufdringlichen Lichte ging nicht unter, ohne alles an den Tag gebracht zu haben.

Der Mond fand die Mühle leer, dafür sah er dort, fern in der Kreisstadt, als er die Schatten der Gitterstäbe in die Gefängniszellen warf, ein junges Weib mit verweinten Augen und einen Burschen mit stieren, glanzlosen Blikken schlaflos vor sich hin starren.

Das war eine Aufregung im Orte, als man die beiden festnahm, das wogte ab und zu nach der Unglücksstätte und nach dem Gemeindekotter, wo die Täter und die Landjäger, die sie zu bewachen hatten, auf eine Fahrgelegenheit warteten. Und als schon lange der unbeholfene Leiterwagen über die ausgefahrene Straße hingepoltert war, standen die Leute noch überlaut redend vor ihren Türen. Das Gemeindewirtshaus war überfüllt von erregten Gästen, die sich durch den Trunk noch mehr ins Feuer brachten; was wollte da jeder schon lange gesehen und gehört haben, das ihm bedenklich vorkam?! Da war keiner, der es nicht schon früher gemerkt hätte, wie in der Mühle nicht alles richtig gewesen, und schier alle hätten es vorhersagen können, daß das kein gutes Ende nehmen könne. Da war keine üble Nachrede, die nicht ihre zustimmenden Hörer gefunden hätte.

Und es war allwege nicht denkbar, daß an dem Weibsbild und dem Burschen jemal ein gutes Haar gewesen wäre, die mußten von Kind auf verderbt und verworfen gewesen sein, waren gar niemal wie andere Leute gewesen, denn rechtschaffenen Leuten – jeder schmeichelte sich, zu denselben zu zählen – könne so eine gräßliche Tat niemal beifallen.

In einem Winkel der Stube trank auch der Steinklopferhanns sein Gläschen und rauchte seine Pfeife, jetzt war sie ihm aber ausgegangen, er klopfte die Asche an der Tischkante aus und sagte:

„Ös seids recht christlich – recht christlich!"

„Werdn wir's doch nit gegen so Mordgesellen sein sollen?"

„Warum nit", sagte Hanns, „wer sich für christlich ausgibt, soll allzeit dabei bleibn. Und wann i mich recht besinn, so steht doch geschrieben: Richtet nicht, daß ihr nicht gericht werdt!"

„Es wird auch kein ehrlicher Christmensch ein'm andern was nachtragn, aber so ein Mordgsindel zählt doch nit dazu!"

„War wohl auch a Zeit", meinte der Steinklopfer, „wo sie kein Brösel anders waren als eins von uns da!"

„Na, hör auf, Hanns, das ist kein Reden, so ein Stück brächt wohl keiner, wie wir da sein, übers Herz, dazu muß man schon ganz gottverlassen auf die Welt kommen, dazu muß eins schon bestimmt sein."

„Dann is auch dazu bestimmt, wer heut sich ein Rausch trinkt! Ihr betet doch alltag paarmal 's Vaterunser und bei der Rosenkranzandacht schon gar, weißt nit wie oft, aber wohl weil's unserm Herrgottn vermeint is, leiert's ös herunter, daß's kein Teuxel versteht, ös selber aber auch nit; sonst möcht euch doch bei einer Bitt einleuchten, selb wär 's gescheiteste Beten, was's jemaln af derer Welt gebn hat. Dö Bitt, was ich mein, heißt: Führe uns nicht in Versuchung! Es ist schon so, daß sich einer recht brav halt, wann ihn kein Verlockung betrifft, und geht mancher als ehrlicher Mann sein Weg, weil ihm die Versuchung nit begegnet. Kommt s' aber einem über die Quer, so gibt's ein hart Stück Arbeit, da soll sich keiner aufwerfen und vermeinen, er wüßt, was da aus ihm wurd; often kommt s' ruckweis und führt 'n Trittl für Trittl, er denkt sich's dabei selber nit aus, wohin. Often kommt's mit ein'm Mal, und er tut, was er augenblicks drauf nöt für möglich halt, es wär sein tun, und hat wohl auch vor kurzer Weil gsagt: So a Stuck brächt wohl keiner, wie wir da sein, übers Herz! – 's Menschen-Einwendige muß mer kennen, heißt, mer muß sich sagen, mer kennt's eigentlich net, dann is mer fein ganz bscheiden ruhig, und findt a Mitleid auch mit dö, wo man nit meint, sie verdienen's, die's aber znotwendigst brauchen, soll's mal mit dö bessern Zeiten anhebn, wo man von Kind auf schon der Leidenschäftlichkeit ausbeugen und 's Gscheitsein lernt und statt ‚sei fromm!' sagt: Sei brav!"

„Hörts 'n Steinklopfer! Der hat wieder a neu Evangeli in Kopf."

„Is eh a rechter Heiland, nimmt Ehbrecher und Mörder in Schutz!"

„In Schutz nehm ich's nit", sprach Hanns, „daß ich etwa saget, es wär recht, aber ich sag, einstmal warn s' net andere Menschen wie wir, und wann's uns dö gleichen Weg führet wie sie, möcht wohl keiner sagen können, ob er heut nit da stünd wo die zwei!"

„Ah, selb kann man wohl sagn, was man nie wurd imstand sein", riefen etliche junge Bursche.

„Na", lachte verschmitzt der Steinklopfer, „mir sieht mer's wohl auch nit an, noch hätt ich's selber glaubt, aber doch hätt ich bald ein umbracht."

„Geh zu – was d' sagst!"

„Na wohl, war's a so."

„Verzähl – verzähl!" Alles rückte zu.
„Na losts zu. Verzähl ich's halt."

4. Die Versuchung

Bald is's gar nimmer wahr, so lang ist's her, aber ich besinn mich noch, es war ein schöner Herbsttag gwesen, mir hat er aber nit zu Sinn wolln, denen damal is's mir grad grimmig schlecht gegangen, was braucht mir auch d' Sunn so freundlich in leeren Sack und in hungrigen Magen z' scheinen, hab ich mir denkt, was hab ich davon? Is a boshaftigs Ding! Die Rauch habn mich geärgert, die aus die Schornstein gradauf gstiegn sein, 's Obst af dö Bäum – mein war's net –, und af der Gmeinwiesen hätt ich mögen 's ganze Gras ausreuten, na, ich war ja kein Kuh, daß ich's hätt mögen fressen. Teufi h'nein!

Ich war froh, wie die Sonn ein Anstalt macht zum untergehn, und bin noch fort ins Gebirg, bin durch Schluchten angstiegn, daß ich vor ihre letzten Lichter sicher bin, bis 's Monad* aufkimmt, was nit so aufdringlich is mit sein Licht.

Wie ich später so forttapp, denn 's sakrische Mondschein is hinter dö Wolken bliebn, riegelt sich was in der Finstern, kommt hervor ausm Schatten und steht a schmächtigs Bürschel vor mir, so wie man's sieht af der Wanderschaft.

Er fragt nachm Ort, was überm Berg enten liegt. Gscheiters wußt ich mir grad nit zu tun, denk ich mir, führst ihn bis hin, vielleicht zahlt er dir dafür doch a Glasl Wein.

Sag ich also zu ihm, wann's ihm recht wär, könnten wir ein Weg gehn, ich selbst möcht nach Tappental.

Er steht, schaut mich eine Weile an, auf einmal sagt er, es wär ihm lieber, ich gäbet ihm die Weisung, daß er sich allein hinfinden könnt.

Ahan, denk ich, selb is a notiger Kerl, der fürcht sich zwegn einer kleinen Derkenntlichkeit, und sag deswegen zu ihm: Ich steh af nix nöt an, ich führ enk schon umsonst.

Da sagt das Bürschel ganz wegwerferisch: Ich hab enk gebeten, mir'n Weg z' beschreibn, wollts net, so such ich mir 'n halt selber.

Auf dös sag i, nöt freundli: Na, na, wo ich zwider bin, dring ich mich nöt auf! – Weis ihm die Steig, sag, von da geht's a so und von dort a so nach Tappental zu, halt daß er nit irr geht, dreh mich dann um und bhüt Gott!

Do gibt er mir dö Hand, bedankt sich recht schön und meint, ich söllt's ihm nöt in Übel aufnehmen, aber er wär noch in tausend Angst und Schrecken.

U mein, und wie er das sagt, schau ich ihm ins Gsicht, er war käsweiß.

Je, je, lieber Herr, sag ich, was is enk denn zugstoßen?

No erzählt er mir, es hätt sich ihm heut afm Weg a wilder Kerl angschlossen, der wär schon 'n Anschaun nach zum Fürchten und nit von der Seit z' bringen gwest, wie's aber in 'n finstern Wald kemma, fallt der Kerl über ihn her, und wann nöt a alte Holzklauberin dahertappt und zum schreien und zetern anhebt, wer weiß, was gschehn wär! Nöt gar weit von da und vor a klein halbn Stund hätt sich dös zutragn. Selb hätt 'n ganz scheu und verzagt gmacht, er wußt sich kaum aus in sein Sinn, gern möcht er allein gehn, doch noch lieber mit ein'm ehrlichen Menschen.

No, sag i, da seids schon recht, i bin, soweit i warm bin, a ehrlicher Kerl, von was nit mein war, hon ich all mein Lebtag nit, was Schwarz unterm Nagel is, weggnomma!

Jo, lacht er, freilich, um was Schwarz unterm Nagel is, zahlt sich's net aus, in der Weis steckt die ganze Welt voll lauter ehrliche Leut, aber wann's mehr gilt, da probiert sich dö Ehrlichkeit.

Kreuzsakra, sag ich, nöt um 'n Kaiser sein Gschloß tat ich a Schlechtigkeit.

Glaub's wohl, meint er, a Gschloß kann mer halt wieder net leicht in Sack schiebn; was z' gring is oder was einer nit aufhebn mag, laßt a jeder liegn, um z' wenig und z' viel belobt sich a jeds der Enthaltsamkeit von fremden Gut, aber, mein lieber Hanns (ich wußt wahrhaftig net, woher er mein Nam gwußt hat, aber gnennt hat er 'n), mein lieber Hanns, es ist ganz a andere Sach, wann's um a schwermächtig Stuck Geld hergang und dös kunnt eins nehma und war sicher vor Klagen und Fragen und wußt kein lebendige Seel drum.

Na, na, sag ich, ehrlich währt am längsten, und wanns wollts, i soll weiter no mit enk gehn, so tuts ein andern Dischkurs anhebn, sonst müßt ich frei glaubn, ös halts mich net für besser wie den Schubjak, der enk vorhin hat ausraubn wölln.

Ah, sagt das Bürschel und lacht dabei so spöttig, daß ich ihm hätt eins versetzen mögn, ah, beileib, Hanns, ich weiß schon, du bist a ganz andrer Mann. Übrigens 's is a Glück für mich, daß der Rauber von vorhin sich wohl auch denkt, es zahlt sich net aus, hätt er gwüßt, was i weiß, i mein, er wär dabei bliebn, und hätt mich und dö alte Holzklauberin spediert.

No, was is's denn nachher, was Ös wißts? brumm ich, daß i nur was red, obgleich ich von den dummen Dischkurs gern loskomma wär, aber ich mag net so zneben ein'm hertorkeln und mein Gedanken nachhänga.

No, sagt er, was i bei mir führ, wär schon ein Mord und ein Totschlag wert gwesen. Was meinst?

Was weiß denn i, um was sich ein Mord und Totschlag auszahlt, schrei ich, glaubts, ich bin a glernter Rauber?

Na, sagt er, Hanns, a dreißigtausend Gulden sein doch a Geld!

Dreißigtausend Gulden! Liebe Leut, wie er dös sagt, is mer völlig schwindlich wordn, denkts, so viel Geld und i nöt ein Groschen in Sack, a kein Aussicht für morgn oder übermorgn und no weiter, daß ich zu a bissel was komm.

Dreißigtausend Gulden, sagt er, und alles in kleine Banknoten, was sich leicht verzetteln lassen, und wo kein Frag is, wie kommst dazu?

Bei der Red kommen wir übern hochen Kamm, der Weg is kaum für zwei, turmhoch, steilauf steigen da die Felsen übers Tal an; dort bleibn wir a Weil stehn, denn das Bürschel schnappt a weng nach Luft, dann hebt er wieder an:

Dreißigtausend Gulden, Hanns, kein groß s Papier dabei, wo dich der Kramer oder der Wirt drum groß anschaut; langsam, wann Jahr drüber hingangen sein, kann mer's nach und nach zum Vorschein bringen, mer gewinnt in kleine Händel, es wird mehr und mehr, dö Leut können ein'm doch nit jeden Posten nachrechnen, auf einmal, alle Welt muß meinen, es is mit rechten Dingen zugangen, sitzt mer auf ein Bauerngut, kujoniert sein Gsind, is wer und stellt was vor, hat Gründ und Liegenschaften, Geld im Kasten – all dös, was kost's? Ein Griff nach meiner Taschen und ein Ruck, daß ich da nunter flieg – und morgen is weiter kein Reden drüber, als daß a armer Handwerksbursch verunglückt is.

Höllteufel, verfluchter! schrei ich auf.

Da lacht er und sagt: Und wann d' noch weiter wüßt, Hanns, das Geld alles hon i noch dazu selber gstohln; i bin in einer großen Handlung gwest, da is's mir glungen. Wär doch a Narr, der in die Gerichte rennet, kann er mich doch selber bstrafen, und fand mer mich morgn da unt

liegn und derkennet mich auch, mer denket, ich hätt all dös Geld sauber durchbracht.

Du elendiger Dieb, schrei ich, du hast Lohn und alles ghabt, ich hab nix, gar nix als 's nackete Lebn, teil dein gstohlens Gut mit mir, oder –

Kein Red, sagt er, alles oder nix ist mein Wahl!

Da hab i mich nimmer ausgwüßt, der Teuxel hat mich bei jedem Haar ghabt – kein Seel weß's, was du tust – es kann gar nit aufkommen – Liegenschaften – Geld im Kasten – bist wer, auf Lebzeit geborgn –! Das geht mer durchn Kopf wie an Spinnradl schnell. Alsdann nix, schrei ich und stürz mich af ihn, reiß ihm die Taschen weg und gib ihm gleichzeitig ein Renner –

Da lacht er wie der leidige Teuxel auf, und nöt wie a anderer Mensch kopfüber abisaust, langsam, ganz langsam wie a Federn fallt er hinunter, und dabei lacht er fort und fort und schreit: Hanns, du ehrlicher Mann du! Und unten fallt er schwer auf, noch mal hör ich von unt ganz tief, wie aus der Höll aufer, sein Lachen: Hanns, du ehrlicher Mann du!

Ich schrei aber auf: Jesses und Joseph! und fall ausm Bett.

„No, is's halt wieder a Traum gwest", sagten die Zuhörer.

Hanns zwinkerte mit den Augen. „Als a Wacher bracht i jo kein Hendel um, freilich war's a Traum, aber Leuteln, es is mir lieb gwest, daß's nix Wirkliches war, und i mein, es därf jeden lieb sein, er hätt a meiner Stell auch nur träumt."

„No, und was beweist dös af dös Heutige?" fragte ein junger Bursche.

„Die Müllerin und der Knecht", sagte der Steinklopfer, „dös sein verlorene Leut, laßts dö Richter mit dö fertig werdn, sein wir froh, daß wir froh sein könna, aber überhebn mer uns net! Freun mer uns, daß wir gsund sein, sorgn wir allfort für die Gsundheit von Leib und Seel, aber vergessen wir nöt, daß doch unser jeden ein Übel anfalln kann, und sollt uns vor ein Siechtum auch grausen, so dürfn mer doch mit dö Kranken a Barmherzigkeit habn."

IV

Weit außerm Ort in einer armseligen Hütte, die an eine Felswand angebaut war und so recht bescheidentlich ihrem Erbauer die Errichtung einer vierten Mauer erspart hatte, wohnte der alte Lehnerfranzl – der Vater des „Ferdl", von dem schon einmal die Rede gewesen – und führte ein recht beschauliches Leben.

Wie lange schon? Je nun, böse Leute im Ort – es gibt aber doch überall böse Leute! – meinten, gar so lange wäre das nicht her. Eben diese bösen Leute behaupteten, daß der Ferdl seinem Vater völlig nachgerate; der sei einmal geradeso ein Raufbold und Störenfried gewesen, hätte seinerzeit gleich tief in das Glas geguckt, wie derzeit sein Junge, und hätte es auch gern mit den Dirnen gehabt, wenn eine so unvorsichtig war, ihm den kleinen Finger zu zeigen, so nahm er gleich die ganze Hand; aber das wäre nicht so schlimm gewesen, die ehrlichsten Bursche halten ja um die Hand ihrer Mädeln an, aber er nahm etwas mehr und ließ dann die Hand der Betrogenen fahren, und die mußte recht froh sein, wenn sich später noch ein gutmütiger Bursche fand, der nicht nachfragte, was der Lehnerfranzl etwa vorweggenommen. Wollte man den bösen Leuten alles glauben, so kannten die Jägerbursche gar gut auch den Wilderer Lehnerfranzl, der aber stets so gerieben war, der Ehre einer gar zu nahen Bekanntschaft auszuweichen, und sich nie erwischen ließ.

Aber da kam denn die Zeit, wo der bisher im Rufe der

Unbezwinglichkeit Stehende nicht mehr gefürchtet wurde, wo man ihn spottweise schon fragte, in welches Eck er geschupft sein wolle und ob er lieber rücklings oder kopfüber dorthin fiele. Und – o Schmerz – man stellte nicht nur diese beleidigenden Anfragen, sondern man löste auch die in drohendst abweisendem Tone erteilten Aufgaben auf das glücklichste, „prompt und billig", wie die Kaufleute sagen.

Ja, es kam die Zeit, wo ihn ein Trunk über den Durst zum Gespötte der Jungen machte, und wo die willigsten Dirnen des Kirchspiels nimmer den kleinsten Finger ihm reichten, sondern – einem andern. Eine Zeit, wo sein Auge nicht mehr scharf auslugen und sein Arm nimmer gehorchen wollte, je nun, gar so lange war das nicht her, aber seit dieser Zeit war ihm die Beschaulichkeit eingeschossen, und seit es auf dieser Welt nicht mehr recht mit ihm fort wollte, verlegte er sich auf das „andere Leben" und, da er nicht zweifelte, dort in Gnaden aufgenommen zu werden, natürlich auf die „ewige Seligkeit".

Sonderlich ist's schon, daß Leute, die oft für die Welt zu schlecht oder wenigstens zum übelsten Beispiel waren, sich noch immer gut genug für den lieben Gott halten; oder daß andere, so unverträglich und grillenhaft, daß kein Mensch ihrer begehren möchte, sich in ein Kloster versperren, zur „himmlischen Brautschaft". Nur soll nicht damit gesagt sein, daß nicht in letztgenannten Mauern manch Herz Zuflucht gesucht, dem in all seinem Hoffen und Träumen die Welt nicht Wort gehalten hat, aber kommt die entsagende Demut wohl da zu dem gleichen Gespan, wenn sie zur geistlichen Hochfahrt kommt? Ich möchte wohl ein solches Herz fragen, aber es würde schweigen und – brechen.

Aber der Lehnerfranzl schwieg nicht von allen den Herrlichkeiten, deren er sich sicher glaubte; er besuchte fleißig die Kirche, er las in allen Büchern, die er habhaft werden konnte und in denen etwas stand vom „lieben Himmelreich“, und schließlich wußte er jedem, der es Lust zu hören hatte, mehr davon zu sagen als selbst der Herr Pfarrer.

Nun geht es aber noch sonderlicher zu auf der Welt, weiß nicht, woher es kommt, aber es ist einmal so, das läßt sich nicht abstreiten; wie einer einmal seinen Himmel sich recht sauber erbaut und ausgezimmert hat, da leidet es ihn nimmer allein drin, und wär der Himmel auch so schmal geraten, daß er nur einen Bettgeher darinnen aufzunehmen vermöchte, so wird er wenigstens den suchen. Größere Etablissements werden natürlich mit mehr Komfort und größerem Belegraum ausgestattet, und gibt es da auch mehr Türsteher und Ordnungsmacher. Nun weiß man zwar wieder nicht, woher es kommt, aber es ist einmal so, gleichwie der Mensch nicht gerne allein ist, nicht einmal im Himmel, so ist es auch ein menschliches Gefühl, daß ein jeder auf seine Kosten kommen will, und ist er erst einig, daß er etwas von seinem Himmelreich zu vermieten gedenkt, so kommt er auch auf einen gewissen Tarifsatz, und so viel kostet dann der mit Wolken gepolsterte Sitz und so viel der ordinäre Stuhl. Und nun wird jeder eingeladen, sich das Himmelreich zu betrachten und einzutreten; soweit wäre alles gut, aber wie gesagt, jeder will auf seine Kosten kommen, und da wird einer nicht lange gefragt: Willst du ins Himmelreich? Nein, da heißt es: Du mußt in das Himmelreich!, und das ist vom Übel.

Es ist recht nutzbringend auf dieser Welt, daß der Mensch aus allem, was man weiß und wissen kann, seinen Vorteil zieht und daher seinen Beruf nimmt, vom Arzt bis zum Hundedoktor, vom Forstmann bis zum Holzfäller, vom Bergmann bis zum Steinklopfer, vom Maschinisten bis zum Rastelbinder, ja vom Chemiker bis zum Lumpensammler und so weiter, aber daß der Mensch auch Vorteil von dem zieht, was man nicht weiß und nicht wissen kann, das ist mehr scharfsinnig als nutzbringend und war von jeher mehr betrübend als erfreulich.

Was soll mit dem allem gesagt sein? Wenn es so ist, man weiß zwar nicht warum, aber es läßt sich einmal nicht abstreiten, daß jeder, der sich mit dem Himmel abgibt, zugleich ein kleines irdisches Unternehmen damit verbindet, so wird doch nicht der alte Lehnerfranzl eine himmlische Kleinkrämerei betreiben?!

Und warum nicht? Jeder in seiner Art. Da war im Orte eine Bäuerin, gehörte als Dirndl auch zu denen, welche dem Lehnerfranzl den kleinen Finger gezeigt; der war es so gut geworden, einen gutmütigen Burschen zu finden, der sie heimführte, und das mußte man der Baltzerliese nachsagen, sie ist ein braves Weib geworden, und er hat's bis auf seine letzte Stund nicht bereut, daß er sie genommen hat. Seine letzte Stund war aber vor kurzem, kaum drei Monat her, und so war sie Witwe geworden.

Schlimmer noch war's, daß sie, obwohl die Ehe lange Jahre unfruchtbar blieb, zuletzt vor sechs Monaten niederkam – bei ihrem Alter wohl das erste und letzte Kind – und jetzt mit dem armen Würmlein verlassen in der Welt stand.

Das arme Kind, das ohnedies etwas zu spät für die Mutter zur Welt kam, kam also auch zur schlimmsten Zeit. Die Bäuerin hatte keine Augen für ihr Glück, keine Hände, zu schaffen für das kleine Ding. Sie brauchte die Augen zum Weinen, die Hände zum Ringen, und als man ihr Trost zusprach von allen Seiten, da hob sie Augen und Hände zum Himmel, gedachte des Seligen, und wenn ja einer sie auf das arme, verlassene, verwahrloste Kind aufmerksam machte, da sagte sie: „Der arme Wurm! Ich kann ihm wenig mehr helfen, denn ich werde bald hinaufgehn zu meinem Jakob in das himmlische Reich, hier bin ich zu nichts mehr nütze."

Das war gewiß recht fromm gesprochen, aber die Leute ärgerten sich darüber. Und wenn mich einer fragen würde, so würde ich sagen: Gott hatte gewiß seine Freude an diesem Ärger.

Indessen verwahrloste das arme Kind und nebenbei die kleine, aber doch einträgliche Wirtschaft, die Leute waren geärgert und zogen sich ohne weiteres Zureden zurück, und das war wieder nicht gut getan von den Leuten. Nur einer kam jetzt in das Haus, erst ein paarmal in der Woche, dann Tag für Tag, der alte Lehnerfranzl.

Wär sonst zu einer Witwe im Ort ein früherer Liebhaber so häufig auf Besuch gekommen, die Leute hätten das gewiß recht sündlich und schandbar gefunden, aber da beide über die Jahre der „Löffelei" hinaus waren, so dachte man allgemein, die Bäuerin würde dadurch auf andere Gedanken kommen, man wollte es selbst dem alten Lehnerfranzl gönnen, wenn er mit ihr die Wirtschaft erheiratete und rechtschaffen darauf hausen und arbeiten wollte, und das alles, damit es mit dem armen Kinde anders würde. Was doch so ein klein unschuldig Ding über alle Lästermäuler vermag! Und wie die „bösen Leute" oft gut sind, wenn sich's nur der Mühe lohnt.

Aber dem alten Lehnerfranzl Arbeit zuzumuten, das war wohl ein wenig zuweit gegangen, ihr lieben Leute! Er kam ja nur, weil er hörte, daß sie so gottseliger Gesinnung geworden sei und bald da hinaufgehen wollte zu ihrem seligen Jakob in das himmlische Reich, und da er da oben so gut Bescheid wußte, so wollte er sie nicht ohne Weisung lassen. So kam er denn in der ersten Woche ein paarmal zu plaudern vom himmlischen Reich und nebstbei etwas Kuchen zu essen und ein Gläschen Wein zu trinken.

Und als er sah, daß seine Gespräche Beifall fanden, daß er als „Wegweiser in das neue Jerusalem“ bereits unentbehrlich geworden war, da kam er alle Tag, um die einzelnen Stationen der großen Reise eingehend durchzusprechen und – sich ausfüttern zu lassen. So gut war es ihm schon lange nicht geworden, aber daß sich alles aufzehrt, wo nichts gearbeitet wird, daß er's einer Witwe und einer Waise von der Schüssel fräße und der Tag nahezu vorher-

zubestimmen war, wo er mit einem heuchlerischen „Vergelt's Gott“ von der leeren Schüssel weggehen würde auf Nimmerwiederkehr, und wie dann die Schüssel allnächster Tage leer bleiben würde und Mutter und Kind hungernd davor sitzen würden, das bekümmerte ihn wenig, oder, wenn wir ihm viel Ehre antun wollen, das vergaß er über dem frommen Eifer gottseliger Gesprächs- und Gebetstunden!

Nun war den Leuten die Geduld gerissen, sie hatten einmal ausnahmsweise, wie sie meinten, Gnade für Recht ergehen lassen – hatten das Bessere über ihre Nebenmenschen gedacht und gesprochen und sahen sich jetzt getäuscht. Sie schämten sich förmlich ihres guten Herzens, nannten es eine Schwachheit und wurden, wie es in solchen Fällen geht, ärger wie je, ja einige verschworen es sogar im stillen: Einmal gut gewesen und nie wieder.

Aber hoffentlich werden sie alle wieder einmal eidbrüchig, und dann sollen die lieben Englein, was ich ihnen sonst immer, der braven Leute auf Erden wegen, nur höchst ungern gestattet habe, über einen von ihnen mehr Freude haben dürfen als über neunundneunzig Gerechte, und ich will selbst mittun, wenn sie mich früher unterweisen wollen, wie sich Engel freuen.

Jetzt aber war der Teufel los an allen Enden und Ecken, die Wirtschaft wurde mit den unsaubersten Namen belegt, die Gesprächs- und Betstunde in ihrer „Gottseligkeit“ arg beanstandet, die Bäuerin alles, nur keine brave Frau, und der Lehnerfranzl dafür alles geheißen, was sich an wortreichen Zusammensetzungen haarsträubender Eigenschaften ersinnen ließ.

Dieses Gewitter mit seinem vernichtenden Grollen und zornigen Aufleuchten konnte nicht unbemerkt über dem Haupte der Bäuerin wegziehen, und als der Lehnerfranzl, der für derlei eine härtere Haut hatte, zunächst zu einer Gesprächsstund wieder bei ihr einsprach, fand er sie mit verweinten Augen auf ihrem Stuhle und zugleich zu seinem Mißvergnügen den Steinklopferhanns, den „Ketzer und Spöttler", neben ihr sitzen.

„Grüß Gott ... miteinander!" sagte der Fromme mit einem aufrichtig bösen Seitenblick auf den unerwarteten Gast; dann sah er sich in der Stube um, da mußte etwas vorgegangen sein! – Da war ja aufgeräumt, und auch das Kind in der Wiege sah so frisch drein, das war offenbar einmal nach langer Zeit wieder gewaschen und gestriegelt worden, und die Bäuerin sah auch nicht so versudelt aus, hatte wenigstens in der Eil einen reinen Rock übergeworfen und sich die wirren Haare glatt gestrichen; war da der „Geist der Eitelkeit der Welt" wieder eingezogen? Dann ade, du lieb Himmelreich, und ade, du schon so hübsch angewohnte tägliche Atzung samt dem erfreulichen Tröpfchen Wein!

Der Fromme tat einen wehmütigen Seufzer.

Wie das Zorn- und Schimpfgewitter gerade im Ort am ärgsten tobte, kam auch der Steinklopfer wieder einmal des Weges daher und mußte sich, da er sich früher darum nicht bekümmert hatte, die ganze Sachlage vorschimpfen lassen. Das Schicksal des armen Weibes ging ihm nah, er und ihr verstorbener Mann mochten einander gut leiden, und bei sich dacht er, getröst ist sie wordn, erbaut ist sie wordn, und nix genutzt hat's, gelacht hat sie aber noch nicht.

Und so sann er hin und her, wie er's anstellen möchte, ihr zu helfen, verfiel aber auf nichts Rechtes. „Blitz Dunnerstreich", sagte er, „zersinnt sich einer, kommt er erst recht auf nix. Da faß ich lieber grad an; hab ich sie nur soweit, daß sie mir lacht, so ist's richtig, ein lachendes Gesicht vor mir verspart mir alle Müh, da fällt mir's närrischste und richtigste Zeug ein."

So ging er schnurstracks vor die Hütte der Witwe, klopfte an und trat ein.

Ein Blick zeigte ihm die ganze Schmutzfinkwirtschaft, die dort eingerissen war.

„Grüß dich Gott, Baltzerlies", sagte er, „einmal, hab ich mir denkt, müßt ich dich doch heimsuchen."

Sagte sie: „'s ist schön von dir, Steinklopfer, daß dich auch einmal umschaust, mein Alter hat noch die letzte Zeit oft von dir gredt."

Sagt der Hanns drauf: „Gott tröst ihn, dös freut mich, mir habn allzeit gut zsamm vertragn."

Drauf fangt die Bäuerin zum weinen an. „Daß d' heut kommst", hat s' unter Schluchzen vorbracht, „das zeigt, daß d' mir freund gesinnt bist. O mein Gott, mein Gott, was s' über mich für Reden führen..."

„Wenn nur nix Wahrs dran ist", tröstet sie der Steinklopfer.

„Kein Tipferl", sagt sie und legt die Hand aufs Herz, „aber völlig verfeinden tut sich jeder mit die Leut, der mit mir redt – und doch bist zu mir kommen, vergelt dir's Gott. Sag aber, Hanns, was haltst denn dein Hut in der Luft und legst ihn nit afn Tisch, und was setzt dich denn nit nieder?"

„Na weißt, Bäurin", sagt der Hanns, „viel is an mein Hut net z' ruinieren, aber mutwillig riskier ich 'n doch nit und leg 'n do in den Schmier nein."

Da hat die Bäuerin kein Wörtel gsagt, is rot worden und hat mit ihrem Vortuch die Tischplatte sauber abgwischt.

„Leicht möchtst mir 'n Sessel a a bissel abstaubn", sagt der Hanns.

Die Bäurin tut auch das, und der Steinklopfer setzt sich, und wie er sitzt, so fahrt er so mitm Fuß übern unsaubern Stubenboden, da is gleich der Staub aufgflogen, und der Mist hat unter seinen Sohlen geknistert. „Ich siech schon“, sagt er, „du bist heut noch nit zum Auskehrn kommen, laß dich nit aufhalten, derweil d' mitm Besen hantierst, können wir akrat so gut reden, als ob d' neben meiner sitzest.“

Da holt die Bäuerin den Besen und kehrt aus.

„No“, sagt der Hanns, „was du riegelsam bist, du zeppelst um wie a junges Reh, nimmt man dich von rückwärts, könnt man glauben, d' jüngst Dirn schwänzelt durch die Stubn.“ Da war's der Bäurin doch, trotz aller Kümmernis, als müßt sie ganz still vor sich hinlachen, aber sie unterdrückt's und sagt: „Du bist a närrischer Ding.“

„Dö sagn eh dö mehrern“, sagt der Steinklopfer. „Aber, Liesl, mein Treu, du warst allmal a rechte Schafferin, selb hat dir a dein Mann, bei Lebzeiten, vieltausendmal nachgsagt und dich drum belobt, und wie er kein zweite hätt finden können, die ihm 's Seine so zsammhalt. Drum hat er wohl a in Frieden seine Augen zutan, wenn er gleich sein arms Waserl da zrucklassen mußt, denn du wirst ihm nix verwirten, ehnder bleibt ihm amal mehr, als der Voter hinterlassen hat.“

Da war der Bäuerin, als ging ihr ein schneidiges Messer durch die Brust. „Jesses und Joseph“, sagt s', „na, na, Steinklopfer, er is zur Unzeit versturbn, ich taug auf derer Welt zu nix mehr.“

„War nit übel“, sagt der Hanns. Wie er aber das desperate Gesicht der Bäuerin sieht, denkt er, da mußt umsatteln, sonst kommst vor Traurigkeit selber nit auf. Sagt er: „Aber sag mal, Bäurin, wo hast denn dein Kleins, möcht doch segn, ob's dem Selign a weng gleichschaut.“

Da schaut ihn die Bäurin groß an. „Aber z'nebn deiner steht ja die Wiegn, wo's drein schlaft.“

„Jesses, Jesses!“ sagt der Steinklopfer und bückt sich tief herab, wie einer, der nicht weiß, ob er seinen Augen trauen darf. „Das wär's Ich hab schon lang sinniert, was das sein möcht, und hitzt is dös dein Kind! Möchtst es nit a bissel säubern, daß man's anschauen kann?"

Da hat die Bäurin erst ein trotziges Gesicht gemacht, dann hat sie gesagt: „Du schaffst aber heut viel an in meiner Hütten!"

„Gang mir a schwer, wann ich's in der meinigen sollt", lacht der Steinklopfer. „Weil wir aber grad dabei sein, möchtst mir nit a Glasel Kornbranntwein schenken, a bissel Herzstärkung kunnt ein'm net schaden, du hast wohl lang 's Kleine verabsäumt, und dös hat sich nit brav aufgführt, es riegelt ein'm d' Seel auf."

Jetzt ist die Bäuerin ernstlich bös worden. „Wann d' mich bloß heimsuchst, daß d' mich runtermachst, war mir glei lieber, du warst nit kommen."

Sagt der Hanns drauf: „Begehr nit auf, gib mir mein Herzstärkung, so mach ich dir a Kindsdirn und wasch dir 's Kleine."

Drauf hat die Bäuerin wieder lachen müssen, und wie sich der Hanns dann nach der Herzstärkung übers Kind hermacht und hat's waschen wollen, wie man ein Holzkübel scheuert, und wie das gründlich bös geworden ist und gegreint und gestrampft hat, und wie ihm der Hanns wieder zugeredet hat mit dem Spruch vom seligen Vater: Ob d' haltst oder net!, da hat die Bäuerin doch lachen müssen, und ganz laut noch dazu; völlig erschrocken ist sie darüber und hat um sich geschaut, ob es niemand hört, aber das Kind hat sie dem Steinklopfer aus seinen Fängen genommen und hat's selbst gewaschen, und wie das bei der Mutter war und der Steinklopfer hat ihm immer im Spaß gedroht, daß er wieder mit dem Striegel käm, da hat das Kind gelacht wie toll, und die Mutter hat gelacht, und der Steinklopfer hat die närrischsten Gesichter nach beiden geschnitten.

Und wie das abgetan war, da hat der Steinklopfer sich im Zimmer umgeschaut, hat gesagt: „Na, hitzt sieht's doch brav und manierlich aus, und braucht sich kein anständiger Besuch zu beklagen, wenn d' jetzt noch ein saubern Rock überwerfen und a bissel Ordnung mit deine Haar machen möchtst – denn du tragst a Frisur, Bäurin, wie die Sunn im Kalender aufgemaln is –, so hättst mir alle Ehr antan, und ich wär zfrieden."

Nachdem auch das geschehen, sagte der Hanns: „Na, so meint man doch wieder, man ist bei enk wie vorzeit, und kunnt der Jakob – Gott tröst'n – glei bei der Tür da rein kommen und sagn: Heim sein mir wieder, ob's halt oder net."

„Jo, mein armer Jakob!" sagt die Bäurin, und wie sie und der Steinklopfer wieder niedersitzen: „Jetzt red aber von was Gscheiten!"

„Ja, ja", sagt der, meint aber, 's wär ihm lieber von allem andern eher zu reden, als was etwa die Bäurin gscheit nennt.

Und allzwei sind lang still gesessen, und gerad zur Zeit ist die Tür aufgegangen und der Fromme ist hereingekommen. „Grüß Gott ... miteinander!"

„Auch soviel", hat der Steinklopfer gsagt und hat den Willkomm recht ehrlich gemeint, denn mehr zur Rechtzeit hätt ihm keiner kommen können und kein Erwünschterer schon gar nicht als der alte Lehnerfranzl.

Da hat der Fromme wehmütig geseufzt; warum? Das kann jeder, der es vergessen haben sollte, vorne wieder nachlesen. Dann aber ist er zornig worden und hat barsch den Steinklopfer gefragt: „Was machst denn du da?"

„Bissel Ordnung!" hat der gesagt.

„Geh zu denen, die dich rufen", hat der Alte drauf gesagt.

Und drauf der Steinklopfer: „Grad dö mich brauchen, rufen mich oft nöt.“

Mittlerweil war die Wittib wieder melancholisch worden und hat sich jetzt ins Mittel gelegt. „Wartelts nit miteinander“, hat sie gesagt, „ös seids mir allzwei lieb und wert, mein Seliger war immer mitm Hanns gut, du (den Lehnerfranzl hat sie gemeint) darfst mer ’n nit in mein Haus verunehren. Er is a billiger Mon, und wenn ich dich bitt, du sollst mir vom ewigen Leben was derzählen, so kennt er schon a a Art und hört manierli zu.“

Der Lehnerfranzl warf einen Blick, der besagte, daß er das sehr bezweifle, auf den Steinklopfer, schüttelte den Kopf und sagte: „Und spott halt und spott nachher!“

„Nachher, möglich, aber a erst nachher. Fang nur an, beim wievieltesten Himmel seids denn letzthin stehnbliebn?“ So sagte der Steinklopfer und lehnte sich in seinen Sessel zurück.

Der alte Lehnerfranz faltete die Hände, blickte salbungsvoll zu den Balken auf, die querüber an der Decke der Stube hinliefen, und verfiel in tiefes Nachsinnen. Er dachte aber in diesem Augenblick nicht an das Himmelreich, sondern nur, wie er den Steinklopfer wegbringen möchte, und da hatte er einen frommen Wunsch, der mehr an das Gegenreich der Seligen gerichtet war, daß nämlich jenen der Teufel holen möchte, natürlich mit Zulassung Gottes.

Der Steinklopfer war aber im Innern von den freundschaftlichen Gesinnungen des Lehnerfranzl ganz durchdrungen und wurde durch dessen stillen, verzweiflungsvollen Ärger in die heiterste Laune versetzt. Er fing an, sich höchst bedenklich hinter dem Ohr zu krauen, faltete gleichfalls die Hände und sah ebenfalls salbungsvoll in die Luft und sagte in dieser Stellung: „Lehnerfranzl, sag mir einmal, um welche Zeit herum hast denn du die letzten Nachrichten ausm Himmel kriegt?"

Keine Antwort.

Der Steinklopfer aber fuhr, ohne sich zu rühren, fort: „Weißt, ich möcht nicht gern, daß einer wider Wissen und Willen die Leut irrführt und Sachen sagt, wo er freilich selbst nicht weiß, daß sie schon lang nimmer wahr sein. Von was für ein Himmel verzählst denn der Baltzerin, vom alten oder vom neuchen?"

Diesmal brummte der Lehnerfranzl in die Luft: „Dumms Gred, 's gibt doch nur ein; vom alten natürlich! Möchts ös Ketzer leicht gar ein neun einführn?"

„No, so is's richtig so, wie ich mir denkt hab", sagte der Steinklopfer, „du weißt halt nix davon, daß vor etwa drei Monat alle alten Himmeln kassiert wordn sein!"

Da zuckte der Lehnerfranzl zusammen, rückte die fromm gefalteten Hände voneinander und ballte sie zu sehr weltlich schlagfertigen Fäusten und richtete den Blick, aber nicht salbungsvoll, auf den Sprecher. „Du Höllenbraten!" schrie er, „wo steht das geschrieben, wo is's geoffenbart? Halunk! Red!"

„Was braucht's geschrieben zu stehn", sagte sehr gelassen der Steinklopferhanns, „hab ich's doch von ein, der dabei war."

„Der dabei war? Du Narr, wer kann dabeigewesen sein, der's wieder hätt auf der Welt aussagn können? Wer denn?"

„Geduld dich a bissel, alles nach der Reih, nix durcheinander, so geht's nach der Ordnung. Vor a drei Monaten ist der Baltzer-Jakob – Gott hab'n selig – verstorben, und kurz drauf, wie's enk erinnern werdts, is a armer Teufel von Handwerksbursch ins Ort kommen, siech und elendig, und den hat man so rumkugeln lassen – um ‚Gotteslohn' – in ein Heuschober (so wie damal mich aufm Steinbruch, wie mir gleich übel gangen is), und hat sich kein Teufel um ihn umgschaut, und so hat er a paar Tag hinzogen und is verstorben. Am dritten Tag hat man ihn eingrabn wolln, na, ös werdts enk noch auf den Schrocken entsinna, wie er da auf einmal wieder lebendig wird. Dann hat er sich nach und nach zsammklaubt, und wie er wieder ganz beinander war, is er fortzogn aus der Gegend. Na, der wird doch dort gwesen sein? Von dem hab ich die Gschicht, und war auch a Auftrag vom seligen Baltzer dabei – aber mir habn 's immer verschobn, zwegn, es könnt die Wittib z' stark angreifen."

„Von mein Jakob?" sagt die Bäuerin halb freudig, halb ungläubig.

Da hat der Lehnerfranzl laut aufgeschrien: „Lies, laß dich nit betörn um dein Seelenheil, das ist wieder eine von dö höllischen Lugengeschichten, mit denen er die Leut verwirrt!"

„Möchtst ein'm nur du nit ins Handwerk pfuschen mit die himmlischen Gschichten, wobei dir weniger um die Leut als um das Ihre is! Übrigens ist mein Gschicht wohl a net besser und net schlechter als a andere und kann man s' wohl anhörn. Und was die Botschaft an die Baltzerlies angeht, so mein ich, du wartst 's ab, ob sie meint, es wär verlogn und aus seiner Art, oder ob sie's dafür nimmt, es hätt ihr seliger Mon zu ihr gredt. Und no kusch dich, los zu oder laß's bleiben, für dich reut ein'm die Müh, daß man sich eins ausdenkt, und für dich is's a net."

5. Die Gschicht von dö alten Himmeln

Nämlich hat der Handwerksbursch gsagt, wie er von sein Begräbnis als a Lebendiger wieder z' Haus kommen is in sein Heuschober: Grüß dich Gott, bucklete Welt, hat er gsagt, hon schon gmeint, wir wärn fertig miteinander, und fahr a grad nit vor Freud aus der Haut, daß wir hitzt wieder weiter miteinand fortwursteln sölln, aber um dös, was i alser Toter erlebt hab, reut's mich nöt, daß ich auf der Welt war, nöt, daß ich versturbn, und a nöt, daß wieder lebig wordn bin. Nur lustig! Halt's, oder halt's nit!

Sikra h'nein, sag ich, woher hast dös Sprüchel?

Sagt er: Von ein Bauern, den ich da drent troffen hab, Baltzer-Jakob heißt er, acht Täg vor meiner war er verstorbn.

Is alles richtig, sag ich. Hast 'n im Himmel troffn?

Ja, Himmel, sagt er, wann's mehr ein gab!

Du Höllenbraten, sag ich, warst doch selb drenten und bringst solche Lugen aus. Halunk!

Sagt er: Halt 's Maul, laß dir verzähln und nachher red! Wie ich da übri komm, hab ich gleich gmerkt, da is was los; dö Seeln – es warn lauter frisch verstorbene, von a acht, höchstens vierzehn Täg her, alle ohne Unterstand – sein durcheinand grennt wie Ameisen, wenn man in ihren Haufen neinstört. Ich frag nach, was gschehn wär, sagen s', der himmlische Herr hätt die Himmel inspiziert und sider gestern wären s' alle versperrt.

So wie man halt im Gedräng leicht a Ansprach findt, so bin ich aufn Baltzer troffen, und der hat mir verzählt, wie dös alles hergangen is.

Vor undenklichen Zeiten, manche meinen, gar gleich nach der Schöpfung der Welt, hätt der liebe Gott a Reis gmacht; dö so sagn, berufen sich drauf, wie er die Welt so sorglich eingricht hätt, daß sie sich von selbsten schon a Weil forthelfen könnt; na, is's so oder nit, gwiß wird sein und grundgscheite Leut sein schon lang drauf kemma, daß unser lieber Herr a auf dö andern Stern was zu schaffen und zu verrichten hätt, und so is er halt a gute Weil ausgwesen, und wie er wieder heimkommt, so findt er alle Wolken angeräumt mit lauter Himmelreicher; wie sich's die Menschen derweil erricht haben.

No, er schaut nach in allen Himmeln; in türkischen hat er hineingschaut, wo dö Muselmänner fleißig graucht haben, sein dabei in die Jasminlauben gsessen und habn sich da gleich dö Pfeifenröhrln schneiden können, und is alle Tag zu ein jeden eine reine Jungfrau hinkommen ... na, es schickt sich frei nöt, daß man's sagt, aber bei dö Weibsbilder war über Nacht wieder alles im alten Stand ...

Pfui Teufel! hat der Gottvater gsagt, is das ein Himmel? Das is ja ein B....! Und, sagt er zum Erzengel Michel mitm feurigen Schwert, daß d' mir dö Menscher gleich ausjagst, ich hab das Läppeln und Täppeln doch nur gstift und verlaubt, daß mir die Leut nit z' weni werdn auf der Welt, so a Löffelei ohne Zweck stund mir an.

Dann schaut er nein in unsern Himmel, wo die Selign auf dö Wolken herumliegen und Lobgesang und Harpfenspiel war. Sagt er, da is's schon solider, aber langweilig, dös halt kein Christenseel auf die Dauer aus.

Und so is er alle Himmel durchgangen, a den hannakischen, wo die Bauern an ein Bach voll Met glegn sein, und übern Berg runter sein ihnen dazu d' Knödln ins Maul grollt. Kurz, der Gottvater hat gsagt: Sein dös Himmeln? Wann s' ma unt a bissel gscheiter werdn, verlangt sich eh kein Seel hinein, dös is alles Menschenwerk und folglich nit ewig! Und also hat er die Himmelreicher zugsperrt. Und dann hat er gsagt: Also soll es sein, dö Menschheit soll sich ohne Himmel behelfen, jeder soll seine Pflicht vorerst auf Erden redlich erfüllen, eh er nachfragt, was nachher kommt und mit ihm geschiecht! Und wer da gelebt hat kreuzbrav und grundehrlich auf Erden, der braucht mein Gericht nicht zu fürchten und mein Lohn nit zu erbetteln, der wird auch im guten Vertraun die

Augen schließen, daß, wie auch mein Bschluß ausfallt, ich, der Allvater, weiß, was mein Kindern frommt und taugt.

Dazu haben die Engel Amen gsagt. –

So hat mir der Handwerksbursch verzählt, daß ihm der selige Baltzer verzählt hätt!

Und wie s' no so reden, kommt ein himmlischer Bot und sagt zu dem Burschen: Du mußt's nit in Übel aufnehmen, aber den Wirrwarr heroben wirst gsehn habn; der Todesengel hat sich an dir vergriffen, was kein Wunder is, denn du heißt „Huber", er hätt ein andern nehmen sollen, schau also dazu, daß d' wieder auf die Erden nunter kommst!

Da hat sich der Huber aufmachen wollen, der selige Baltzer aber hat gsagt: Schau, Huber, bei der Gelegenheit, wann d' wieder abi kimmst, tust mir ein Gfallen, halt's oder halt's net?

Es halt schon! hat der Huber gsagt.

Geh zu mein Weib, hat der selige Baltzer drauf gsagt, und sag, ich laß s' schön grüßen, und sagt ihr, was mein Hoffnung is. Sag ihr: ich hoff, wie sie war, wird s' a für ihr Lebzeit verbleibn, sie soll um Gottswilln auf ihr Hauswesen schaun wie früher, damit's nit heißt, ich hätt s' vielleicht erst zur Arbeit und Reinlichkeit antreiben müssen, wo sie doch mein brave Hauswirtin war, so ihr Gott vergelt und ihr weiter Kraft und Stärke geb! Und nur recht soll sie wirten, und fürs Kind soll s' sorgen, damit das nit an der Mutter irr wird, sundern sich denkt: Hab so a brave Mutter, wird wohl der Vater a brav gwest sein! Was mich ins Grab hinein gfreun möcht! Und aufziehn soll sie das Kind durch ihr Beispiel, und das war bisher, und so soll sie's auch ferner bestehn lassen: redlich die Pflicht auf Erden erfüllen, ohne Nachfrag, was nachher kommt und gschiecht, kreuzbrav und grundehrlich. Halt's oder halt's net!

Da is der Huber lebendig wordn – i weiß nit, ob sich der Baltzer selig ausgredt hat...

„'s halt schon", sagte die Bäuerin, welche dem Steinklopfer die eine freie Hand reichte, denn am andern Arm trug sie das Kind.

„Ketzerlump", sagte der Lehnerfranzl, „taugt dir kein Himmel, die Höll mit ihrer ewign Qual wirst du schon verspürn. Du bist 'm Teufel sicher." Damit rannte er auf und davon und hat sich auch später nimmer blicken lassen.

„Vergelt dir's Gott, Hanns", sagte die Bäuerin. Und als er schon sein „Bhüt Gott!" gesagt hatte und an der Tür stand und an die Klinke faßte: „Du, Hanns?!..." „Was, Bäurin?" „Is die Gschicht wahr?" „Hm", sagte der Steinklopfer, „und wann s' nit wahr wär?" „Mein doch", sagte die Bäuerin, „ich nehm mir heraus, daß mein Jakob, Gott hab 'n selig, es nit anderschter hätt meinen können!" „Dös is a d' Mural!" sagte der Steinklopfer und ging.

Und seither is der Baltzerlies ihr Anwesen wieder eins der nettesten und einträglichsten. Und an ihrer Seite werkt ein kleines, munteres Dirndl, und wenn es ja einmal müßig über die Gasse geht, so hat es auch da Arbeit, denn jeder und jede will von ihr gegrüßt sein und will eins mit ihr plaudern und nach der alten Liese fragen, die gar nicht zu sehen wär vor lauter Geschäftigkeit. Aber wann das Dirndl dem Steinklopferhanns begegnet, da lacht es schon von weitem, denn der, wenn er herankommt, macht gar verliebte Augen und seufzt: „Jakobe, verflixt Dirndl, wie wird mir's dereinst ergehn? Zwegn dir hab ich den Himmel eingschlagn; du hast mir's angetan." „Ich weiß", lacht die Jakobe, „schon damals in der Wiegen." „Sikra", sagt der Hanns, „bist a Blitzdirndl, hast ein'm schon damal schwach gmacht. Aber sag, habts noch so ein guten Kornbranntwein?"

„Versuch 'n!"

*

Was jetzt erzählt werden soll, ist wohl im Anhang zu dem vorigen, fällt aber nicht in die Zeit, wo wir der Zukunft vorgegriffen haben und wo die Jakobe schon als mannbares Mädel über die Straße geht, sondern vielleicht den dritten oder vierten Tag danach, nachdem die obbemeldete Jungfrau noch als „Fratz" von der rauhen Hand des Steinklopferhanns gestriegelt worden war.

Zufällig, oder nicht, trafen sich der Steinklopfer und der alte Lehnerfranzl gegen Abend im Walde; der letztere hatte es sicher nicht darauf angetragen, denn es wurde ihm nicht ganz wohl bei dieser Begegnung. Der zehnte mag's nicht leiden, daß man ihn so mir nichts, dir nichts dem höllischen Erbfeind zuspricht, und wenn's in seine Macht gegeben ist, so tränkt er's gewiß dem Gelegenheitsmacher des Teufels ein, und wer wollte das wohl jetzt dem Steinklopferhanns verwehren? Ja, wenn nur der Ferdl dagewesen wäre, da hätte seinem alten Vater leichter ums Herz sein mögen, aber der „Himmelsackermenter" saß um die Zeit für sicher im Dorfwirtshaus oder ... weiß der Himmel, wo sonst!

Nicht umsonst ging das im Geiste des alten Lehner vor, denn der Steinklopfer hatte sich richtig vorgenommen, extra für ihn eins auszutipfeln.

„Lehnerfranzl", sagte der Hanns, „is mir lieb, daß ich dich treff –"

„Hm", brummte der Alte, was ebensogut heißen konnte „mir auch" oder gleichwohl das gerade Gegenteil davon.

„Er war bei mir", fuhr der Steinklopferhanns fort, „und laßt dich schön grüßen."

„Wer?“ fragte der Lehner.

„Na, der Teufel“, sagte der Steinklopferhanns. „Seit d’ verwichen zu mir gsagt hast, wann mir kein Himmel taugt, wurd mir d’ Höll mit ihrer ewigen Qual nit ausbleibn und ich wär ’m Teufel sicher, hab ich kein ruhig Nacht mehr ghabt, so fürchtig is mir bis in die Seel nein wordn.“

Gott sei Dank, hat sich der Lehner denkt, er verzählt mir nur wieder eine von seine dummen Gschichten.

6. Eine vom Teufel

Vergangne Nacht war’s, ich sitz auf mein Bett, die Tür war nit versperrt; na, du weißt, ich versperr niemal die Tür, forttragn kann mir kein Mensch was, leicht trifft sich’s doch einmal und bringt mir einer was rein.

Ich sitz also auf mein Strohsack, tut sich die Tür auf, und kommt der Höllische rein. Magst dir denken, daß ich net wenig erschrocken bin und gmeint hab, hitzten is’s vorbei, er holt dich, und abi geht’s in Erdboden, weiß wieviel tausend Meilen, wo der siedige Schwefel brennt.

Aber der höllische Zuspruch tut nix dergleichen, nimmt sich mein dreihaxets Stockerl ausm Eck füri, setzt sich an mein Bett, und wie er da sitzt, sagt der Teufel: Grüß Gott!

Sikra h’nein, wie ich gsehn hab, daß der Seelnkramer so höllfreundli war, denk i, da mußt auf der Hut sein, der führt was im Schild.

Der aber lacht und sagt: Brauchst kein Hirnschmalz aufzwenden, ich kenn ja deine Gedanken, und mußt mich net für so dumm halten, da d’ mir eh sicher bist, daß ich mir no viel Müh um dich gab.

Selb hat mich gmargelt*; sag ich: Der Teufel ist dir sicher, net i!

Bitt dich gar schön, sagt er, laß dö Sponponaden* und mach dich net groß, da sein no ganz andere Leut, weißt, Großkopfete, dö mir a net auskönnen und dö viel weniger Gschichten machen als wie du grings Mandl.

Wann i dir z' gring bin, sag i, so steh halt nit auf mi an.

Sagt er: Dös tu i eh net; aber ös könnts mir ja doch nit aus, ös armen Hascher. Seids ja doch alle dressiert von Kind auf, daß 's hübsch vertraglich mit mir lebts. Meinst denn, es war nachm Gottvatern sein Sinn, daß ös all Ostern die Sündn abbeutelts wie der Hund d' Flöh, daß darnach wieder neuche zuspringen mögen; oder 's Kirfürten* in schön Summerszeit, wo da und dort a Mandl und a Weibl zruckverbleibt und sich ins Grüne verliert; oder wann alle Heiligen anrufts, allmal in ein Brummer, daß man einschlafen könnt darüber? Ös arme Waserln, dös glengt nit da aufi, aber es lebt sich unschenierter dabei, und was verbleibt enk danach über – da ös doch sunst nindascht auswißts – als daß 's mir in mein Höll rennts und enk a bissel abwarmts. Man kriegt völlig a Erbarmnus über enk, und wann's a nit recht erlaubt is von der himmlischen Polizei, so muß mer enk doch stecken, daß 's mit der Höll nit gar so arg is, wie's die Leut machen... Sagt er: Greif mich amal an, Hanns.

Ich greif zum Bett raus und tapp 'n ab, hat der Kerl a feine Woll und is drunter wutzerlfett.

Na, sag ich, du bist fest beinander, was ein wundert, wenn man denkt, daß d' in der ewigen Marter und in der Pein ohne Aufhörn und End bist.

Sixt, sagt der Teufel, dös is's ja, daß 's allweil so gleichmächtig fortgeht, drum gwöhnt man's und kriegt a harte Haut.

Drauf hat der Teufel „Bhüt Gott" gsagt und is gangen, und ich bin, weil's schon amal nit anderscht kommen kann und doch so is, alser weng vertröster zruckbliebn.

Aber, hat der Teuxel gsagt, ehnder er gangen is, ein Gfalln könntst mir doch erweisen, wann d' den Lump wieder siehst, dem ich früher die sündigsten Stückeln hab nachsehn müssen und der jetzt so über mich schimpft, den alten Lehnerfranzl, dann tu mir die Freundschaft...

Jetzt fing einer zum laufen an, denn es knackte und krachte im Gezweig, der andere mochte aber nicht zurückgeblieben sein, denn das Laufen hatte mit einmal ein End –.

In der Nacht kam der Ferdl heim und fand seinen Vater im Bette liegen, den Kopf hübsch in Tücher gehüllt. „Was ist Euch denn?" fragte er.

„Der Steinklopfer is über mich gangen", sagte der Alte mit weinerlicher Stimme.

„Gschieht Euch recht", sagte der gute Sohn. „Ist's ums Himmelreich hergangen? Denk mir's. Ich wollt, er hätt Euch's ausm Kopf verschlagn, weil Ihr doch anderen nur jede Freud damit verleiden wollt!"

's kommt vor, daß ein oder der andere Himmelsvermahner das tut, aber es waren auch nicht „unschuldige Freuden", die der Lehnerferdl meinte, und doch mußte sich der Alte das von seinem Jungen sagen lassen; der war sein „Jugendspiegel", und er gefiel sich nicht darin; traurig ist nur, daß der Spiegel, der den Eltern die Torheiten ihres Lebens zeigt, dabei selbst nicht rein verbleiben kann!

Mittlerweil stieg unser Steinklopferhanns, nachdem er also dem Teuxelsauftrag gerecht geworden war, den Steig zu seinem Steinbruch hinan, und er sang:

„Ich fürcht net 'n Teufel,
Ich fürcht net dö Höll,

I bleib mer stets gleich,
Ob a kummt, was d'r wöll.

Kreuzbrav und grundehrli
Auf all unsern Wegn,
Was frag i viel weiter?
Es kann uns nix gschehn!"

Der Erbonkel

Wenn der letzte Tag des Jahres zur Neige geht, wird es im Walde und in den Gesträuchen und an den mit welken Grasbüscheln besäumten Grabenborden längs der Straße lebendig; die winzigen Elfen wagen sich hervor und gukken aus den Moospölstern zu Füßen der mächtigen Baumstämme, die verwegensten schaukeln sich wohl gar in den Flechten, wo die in fahlen Bärten von der rauhen Rinde herniederhangen, die Erdmännlein – gegen die Elfen ganz ungeschlachte Gesellen – lugen aus den Höhlen unter dem Wurzelgeäst oder aus dem Gewirre der untersten Zweige der Büsche. Alle scheinen in gespannter Erwartung. War gerade früher ein tüchtiger Schneefall gewesen, so sorgt ein spielender Wind für zeitweilige Zerstreuung, indem er von den Ästen kleine Lawinen schüttelt, die in ihrem Sturze oft ganze Gruppen der winzigen Neugierigen begraben, das ärgerliche Gezappel, mit dem sich die Betroffenen dann herausarbeiten, gibt viel Spaß.

Bald aber lacht, kichert, murmelt es von ferne: „Er ist da, er ist da!“ Der Ruf pflanzt sich fort: „Er kommt, er kommt!“ Alles gerät in Bewegung, und es flüstert und wispert und rauscht längs der Straße und am Waldessaume: „Da ist er, da ist er, da kommt er, da kommt er, der Silvester!“

Und dann kommt er heran, der Geist des letzten Tages im Jahre, umzappelt und umwackelt von Scharen neugieriger Elfen und Erdmännlein, denen sich immer neue anschließen, denn man glaubt nicht, wie lustig das ist, hinter

Silvester herzulaufen, für Geister nämlich, die bei guter Laune und gerne unterhalten sind, denn die Menschen nehmen nichts von ihm wahr, für die verschwindet er ganz hinter seinen Blendwerken, Vorspiegelungen, Ränken und Schwänken.

Bei dem ersten Häuschen des Ortes huscht er in den Hof und steht als der schmuckste Bauernbursch, den man sehen kann, vor dem Kammerfenster der Bauerstochter und klöpfelt an die Scheiben und legt die breite Hand ans Herz und verdreht die großen braunen Augen, und die kleinen Zuschauer wollen schier bersten vor Lachen, aber die Dirne in der Stube drinnen legt auch die Hand an ihre Brust, die Augen aber schlägt sie nieder, und ganz rot sind ihre Wangen geworden. Der Silvester nimmt eben sehr gerne die Gestalt an, die einem tiefinnersten Herzenswunsch entspricht, um die Menschen zu erfreuen oder zu – narren! Vor den Fenstern der nächsten Hütte, in der ein junges Paar wohnt, das sich erst „zu Kathrein"* zusammengetan, hüpft er auf einmal als Storch; eine vorwitzige Elfe, die sich nah herzudrängt, pickt er auf und hält die erschreckt und ungebärdig Zappelnde im Schnabel, und dazu lacht der junge Bauer breit, und die Bäuerin hebt die Schürze vor das Gesicht. An den Türstufen des reichsten Bauernhauses im Ort stampft, trappst und hustet er wie der gutmütige Mehl- und Früchtenhändler, der sich noch all die Jahre her hat betrügen lassen, er lächelt zum Türspalt hinein und zeigt die wohlgespickte Brieftasche, an die es ihm nun heuer gehen soll! Dort bei dem Geizhalse jagt er als großer Hund mit bösen Augen und gefletschten Zähnen über den Hofraum und stößt ein grollendes Gebell aus, daß der Alte im Bette selbst davor zusammenschauert, aber doch aus hundert Fältchen freundlich grinsend dem Untier zunickt, denn nun wagt sich wohl keiner mehr auf das Anwesen. Dann wandelt

Silvester nach dem Schlosse; er sieht nun wie ein recht behäbiger alter Herr aus, trägt einen Korb am Arme, aus dem silbern schimmernde Flaschenhälse ragen, und sein Hauch riecht so würzig und geistig, und von Zeit zu Zeit befällt ihn ein leichter Schlucken oder eine kleine Schwäche in den Beinen, so daß er ein paar Schritte wankt, aber immer aufrecht, immer aufrecht geht er seinen Weg.

Wie gesagt, es ist recht lustig, hinter ihm herzulaufen, und dann vermag er auch überall zu sein, überall zugleich, auf dem Lande und in der Stadt, eine Eigenschaft, die seine kleinen Zuschauer nirgends zu kurz kommen läßt, dafür ist er, wie billig, bei Elfen und Erdmännlein außerordentlich beliebt, und wenn sie um die Wege sind und es hören könnten, ist es jedem Menschen dringend abzuraten, auf ihn zu schmähen; zwar die sanften Elfen pflegen den Frevler meist durch stille Verachtung zu strafen, höchstens schabernackt Puck ein wenig mit ihm, aber die Erdmännlein sind boshaft, und je ausgetiftelter sie eine vermeintliche oder wirkliche Unbill rächen können, je vergnügter fühlen sie sich dabei. Elfen, die Staub und Rauch töten würde, die der Kühle der Blätter, des Taues auf den Halmen, des Duftes der Blumen bedürfen und im Winter der schneeigen Decke und der klaren, prickelnden Luft, sie kommen in dem großen Steinhaufen, den die Menschen Stadt nennen, nur vereinzelt vor, aber die Erdmännchen, denen Kohlenwerke und Schwefelgruben nichts anhaben, sind so zahlreich vertreten wie anderswo; das mögen sich die Städter gesagt sein lassen.

So huschten denn auch ein paar solcher Knirpse am Abend des letzten Tages im Jahre hinter Silvester her, in das Ankleidezimmer des Herrn Staatsrates Schmalhofer. Silvester nahm dessen Gestalt an, es war das ein schönes Zeugnis für die Vorurteilslosigkeit der Geister, denn kein Mensch würde sich freiwillig dazu verstanden haben, so

auszusehen wie der Herr Rat. Dem alten Herrn baumelten ein paar unbeholfene Arme von einem schmalen, engbrüstigen Oberkörper herab, den zwei lange, dürre einknickende Beine trugen, sein Schädel war so glatt wie eine Billardkugel, und aus dem gebräunten, von vielen Faltchen durchfurchten Gesichtchen mit der verschwindend kleinen Nase glotzten ein paar Triefaugen, denen ihre Mattheit einen fast melancholischen Ausdruck verlieh; schon einige Male hatte der Rat, zu seinem lebhaften Mißvergnügen, von Wohlmeinenden als Kompliment zu hören bekommen, daß er dem greisen Voltaire sehr ähnlich sehe. Was seine Gemütsart anlangt, so war sie weder böse noch gut; wie alle untätigen Menschen, die alles haben und denen nichts mangelt, fühlte er sich unsäglich gelangweilt, und das machte ihn mißmutig und seinen Umgang gemieden. Und so rüstete er sich denn auch jetzt, ohne Lust wie ohne Abneigung, zum Besuch einer größeren Gesellschaft, die sich bei seiner einzigen Verwandten, einer verheirateten Nichte, zusammenfand; er ging als „Erbonkel" in deren Hause ein und aus, und es war ihm zur leidigen Gewohnheit geworden, den Silvesterabend dort zu verbringen.

Nun wollte er einmal sehen, wie ihn sein Staat kleide, und trat vor den großen Stehspiegel, aber Silvester sprang dazwischen, und da sah sich der Herr Rat ganz, wie er war, und doch nicht ganz so, denn das Spiegelbild zeigte an der linken Seite des Frackes, durch die Schwärze des Tuches gehoben, einen so hübschen, funkelnden Orden, der selbst einen Demokraten hätte nach ihm verlangen machen können, wenn das überhaupt möglich wäre.

Unerwartet wie dieser Anblick war aber auch dessen Wirkung. Der Herr Rat knirschte mit den wenigen Zähnen, die ihm geblieben, und fuhr dann zornsprühend heraus: „Da – da ist's wieder! Die Jahre her narrt es mich und ist nie etwas daraus geworden und wird nichts daraus! Wünsche hegen und Hoffnungen pflegen ist dummer Schnack! In gleichförmiger Langweiligkeit verrinnen die Jahre ineinander, und wenn es nach mir ginge, würde Silvester nicht gefeiert, und der letzte Tag des Jahres gölte als der schlechteste und würde nicht zwischen dem alten und dem neuen als eine Scheidemauer aufgerichtet, auf der ein humor- und geistloser Dämon in Schattenspielen und Laternamagica-Bildern uns das albernste Zeug vorgaukeln darf! Zum Teufel mit Silvester!"

„Was rast denn dieses karnivore* Mondkalb?" platzte Silvester los. „Was beirrt ihn denn mein harmloser und seinen Mitgeschöpfen wohltätiger Spaß, mit dem ich sie ein paar Stunden über froh mache, indem ich ihnen die oft trüben Bilder der Vergangenheit verhülle und jeden die Zukunft, wie er sie träumt, vorwegnehmen lasse?! So 'n Schmalhofer, der sich unter seinesgleichen nicht auf Humor und Geist versteht, will es Rede haben, was uns dafür gilt?! Doch soweit hat er recht, da steckt keiner von beiden dahinter, und es ist widerlich, wenn man sich gutmütig über eines Schwäche lustig machen will und findet ihn bis zur Narrheit darin verrannt!"

Beleidigt wie einer, dem man einen guten Spaß, der weder Hörner noch Klauen zeigt, übelgenommen, wandte sich Silvester ab und ging hinweg; ehe er aber die Wohnung verließ, lugte er durch die offenstehende Tür in eine Kammer, in welcher sich Frau Gertrud, die Haushälterin des Herrn Staatsrates, aufhielt.

Frau Gertrud war eine ausnehmend wohlerhaltene, etwas beleibte Vierzigerin, mit frischen Augen und roten Backen, hatte nicht nur am Kinn ein Grübchen, sondern auch an mehr als einem Finger ihrer fleischigen Hände und kein Fältchen im Gesicht, außer wenn sie – wie eben jetzt – stirnrunzelnd über ihrem Ausgabebüchlein saß.

Seufzend legte sie Buch und Bleifeder weg und blickte auf. An der Wand, über dem Tische, hing in einem verstaubten Papiermaché-Rahmen eine verblaßte Photographie, es war das Bildnis des Herrn Rates, Visitenkartenformat, ganze Figur, und um so kleiner, da es ihn in seiner vollen Größe zeigte. Frau Gertrud griff danach, hob es vom Nagel und betrachtete es nachdenklich. Da verlieh Silvester dem Figürchen Beweglichkeit. Alsbald machte der kleine Herr Rat einen steifen Bückling und legte die Rechte beteuernd an sein Herz, dann ließ er sich auf die Knie nieder und streckte die beiden Arme verlangend von sich, mit einem Ausdruck in dem Gesichtchen, der nicht mißzuverstehen war.

Frau Gertrud betrachtete dies Schauspiel mit Blicken, in denen sich höchst wirkungsvoll Rührung mit Zärtlichkeit mischte, während um ihre Mundwinkel, kaum merklich, ein spöttisches Lächeln spielte, und plötzlich griff sie mit der freien Hand so hastig und derb nach dem kleinen Männlein, daß sie es unfehlbar zerdrückt haben würde, wenn es etwas Lebendiges gewesen wäre. Da schreckte sie zusammen, die Türe knarrte, und der Herr Rat steckte den Kopf zur Spalte herein.

„Ich fahre jetzt zu meiner Nièce“, sagte er. Als er die Haushälterin rasch das Bild aus der Hand legen sah, verzerrte ein sehr merkbares höhnisches Lächeln seine eingekniffenen Lippen. „Nun, Frau Gertrud, verbringen Sie die letzten Stunden des alten Jahres nur recht angenehm.“

„Mein Gott, so allein –“

„Und wollen Sie diesmal so vernünftig sein und nicht alle Fenster aufreißen, um das neue Jahr hereinzulassen. Ich möchte mir nicht eine Erkältung – und was etwa mit einer solchen zusammenhängt – zuziehen.“

„Oh, Ihre teuere Gesundheit geht mir ja über alles“, sagte Frau Gertrud und führte seine Hand an ihre Lippen und hielt sie länger dort, als er daran Gefallen fand, denn er entzog sie ihr schnell.

„Daß dieser Brauch Glück brächte“, fuhr er fort, „ist ja doch nur eine Illusion, und um Illusionen nachzuhängen, dazu sind wir beide doch schon etwas zu bejahrt. Was? Hm? Nicht wahr? Nehmen Sie also auch keine in das neue Jahr mit hinüber, Frau Gertrud. Verstanden? Adieu!"

„Gute Unterhaltung, Herr Rat."

Die Tür schloß sich hinter ihm.

„Daß ich dir alle Fenster in der Front aufmache, heuer wie noch jedes Jahr, darauf kannst du dich verlassen!" sagte die Haushälterin. „Zu bejahrt komm ich dir vor, um Illusionen nachzuhängen? Ist das vielleicht eine, wenn ich denke: Ihn schon so lange ertragen zu haben und noch ertragen zu müssen, wär am Ende doch die Pension 'ner Rätin wert? Nun, weiß Gott, ich käme nicht umsonst dazu und müßte ihn obendrein in Kauf nehmen, und daraufhin hab ich ihn wahrhaftig genau genug besehen, um mich darüber keiner Illusion hinzugeben, daß da alle und jede aufhörte! Aber wenn es sich fügte – und ich bitte Gott darum, daß er mich's erleben lasse! –, wenn es sich fügte", sie hob die geballte Faust, „dann sollte dir jeder Muck wider mich leid tun!"

Indes stieg der Herr Rat, behaglich schmunzelnd, die Treppe hinab. „Selbstverständlich", murmelte er, „wird Frau Gertrud wieder die Fenster sperrangelweit öffnen, schon weil ich es ihr untersagt habe, aber ebensowenig wird sie sich an die andere Mahnung kehren und nach wie vor auf den Tag hoffen, an welchem ihre stille Neigung mein sprödes Herz besiegt. Hm, warum soll ich das nicht ausnützen? Dafür führt sie mir die Wirtschaft für geringeren Lohn und sorglicher als jede andere."

Er stieg in den Wagen, und der rollte auf dem Pflaster dahin. Er hatte Gesellschaft, ohne daß er darum wußte, denn als er den Schlag öffnete, waren die Erdmännlein vor ihm in die Kutsche geschlüpft, und als die am Ziel hielt, hüpften sie auch wieder vor ihm heraus, stiegen mit ihm die Treppe hinan und liefen zwischen seinen Storchbeinen hindurch in das Tafelzimmer.

„Ach, du böses Onkelchen, was hast du uns warten lassen!“ schmollte die Nichte.

„Warum so spät, Herr Rat?“ fragte, ihm die Hand drückend, der Neffe und geleitete ihn zu dem Ehrensitze. „Nehmen Sie Platz, sehnlichst Erwarteter; auch als letzter immerhin der Erste unter uns!“

Die geladenen Gäste bückten und nickten, knicksten und lächelten dazu, als wollten sie bekräftigen, daß der Herr des Hauses ihnen allen aus der Seele gesprochen habe.

Mittlerweile waren die Erdmännlein an dem Armstuhle des Herrn Rates emporgeklettert, bis auf eines, das an der Seite des kleinen Adolf Platz nahm.

Der kleine Adolf war das einzige Kind der Nichte Schmalhofers, ein vierjähriger, verhätschelter, eigenwilliger Range. Da der Großonkel – zum großen Leidwesen der Mutter, die sich das gar nicht zu erklären wußte – eine entschiedene Abneigung gegen den Kleinen an den Tag legte, so hätte man ihn lieber von der Tafel ferngehalten, aber das herzige Kind sprach, indem es sich auf dem Boden wälzte, den Wunsch aus, dabeizusein, und äußerte für den Weigerungsfall die Absicht, den Abend in seinem Zimmerchen mit stetem Geheul und Zertrümmern und Umherwerfen aller beweglichen Gegenstände zu verbringen, und da der Knabe ganz der Mann dazu war, sein Wort zu halten, so entschloß man sich seufzend, ihn bei Tische zu dulden, und setzte ihn an das untere Ende; sein Vater nahm neben ihm Platz und sprach ihm von je fünf zu fünf Minuten zu, ja recht artig zu sein.

Obwohl der Knirps das widerborstige, grillige, boshafte Erdmännlein, das sich an ihn schmiegte, nicht wahrnehmen konnte, so erfüllte ihn doch dessen Nähe, wahrscheinlich als die einer verwandten Natur, mit Behagen.

Indes begann das Mahl, und die Gnomen überboten sich in verkehrten Handreichungen, um es dem Herrn Rat zu verbittern; der arme Mann wußte gar nicht, wie ihm geschah, und wurde über seine vermeintliche Ungeschicklichkeit immer bestürzter, so daß er zuletzt selbst seinen unsichtbaren Feinden in die Hände arbeitete. Schon als die Suppe herumgereicht wurde und er die Obertasse zum Munde brachte, war es ihm, als ob sie umgekippt und ihm der Inhalt in den Rachen gegossen würde, er mußte ein gut Teil wieder heraussprudeln. Messer und Gabel, er mochte sie anfassen, wie er wollte, saßen steilrecht auf dem Teller auf und vollführten beim Schneiden ein ganz unleidliches Geknirsch und Gekreische. Bratenstücke kollerten ihm vom Munde weg, überschlugen sich auf der vorgebundenen Serviette und fielen zu Boden oder dem Nachbar in den Schoß, Sauce vermochte er nicht aufzufassen, ohne sie zu verschütten, nicht zu genießen, ohne sich damit zu beträufen; hielt er eben etwas zwischen den Zähnen und erweiterte die eine Backe, so klappte die plötzlich ein, und der Bissen schoß wie ein Bolzen nach der anderen Seite, was ihn nötigte, mit der Kinnlade danach zu haschen und mit der Zunge hinterherzufahren, das gab ein so unappetitliches Geschnappe und Geknatsche, daß ihm darüber der Angstschweiß ausbrach, den er sich in abgrundtiefer Verlegenheit mit der beschmutzten Serviette von der Stirn wischte. Er getraute sich nicht mehr aufzublicken, und niemand wagte es, ihn anzusehen. Man schrieb seine Widerwärtigkeit der Gebrechlichkeit des Alters zu, und da allen seine Stellung im Hause der Gastgeber bekannt war, so entschuldigte man sie und bedauerte sich selbst; doch einige verschworen es im stillen, jemals wieder der Abfütterung des Erbonkels beizuwohnen.

Die erste Flasche Champagner war entkorkt worden, ein Vorgang, den der kleine Adolf mit großem Interesse verfolgte, bei der zweiten bat er, daß man den Pfropf an die Decke springen lasse; der liebe Knabe war bisher, von einigen kleinen Ärgerlichkeiten abgesehen, wirklich so artig gewesen, daß man ihm zur Belohnung diesen bescheidenen Wunsch wohl gewähren konnte. Er durfte also, nachdem Spagat* und Draht entfernt und der große Augenblick nahe war, den Hals der Flasche mit beiden Händchen umklammern, der Vater lockerte mit dem Daumen den Pfropf, mit einem heftigen Krach flog der empor, prallte vom Plafond ab und schlug laut klatschend an den nackten Schädel des Erbonkels.

Wäre der Rat ein munterer alter Herr gewesen, so hätte er sich wahrscheinlich mit einem affektierten Wehschrei, wie zu Tode getroffen, in den Fauteuil zurücksinken lassen und dadurch das Lachen, das schon hinter den Lippen aller vorbrechen wollte, erlöst und dem Spaß sein Recht gegeben; da er aber dazu durchaus keine Eignung hatte, so saß er mit der albernen Miene gekränkter Würde da und zwang einen Teil der Gesellschaft zu Hustenanfällen oder zu dem Versuche, Taschentücher zu verschlingen.

Nur die Nichte Schmalhofers zeigte sich ernstlich bestürzt, und in der ratlosen Hast, mit der sie nach einem Mittel suchte, das Geschehene wiedergutzumachen, verfiel sie auf das Verfänglichste. Sie faßte ihr Söhnlein an der Hand und zog es hinter sich her. „Gleich bittest du den Onkel um Verzeihung und gibst ihm einen schönen Kuß!"

„Ich will nicht, ich will nicht!" zeterte der Knabe, mit Händen und Füßen sich sträubend; als er aber sah, daß der alte Mann mit beiden Händen erschreckt abwehrte, änderte er sofort seinen Entschluß, kletterte ihm auf den

Schoß, umfing ihn mit beiden Armen und drückte, da das Opfer das Kinn tief in die Brust bohrte, einen schallenden Schmatz auf dessen Platte. Nun hatte aber der Junge gerade zuvor einen Schokoladenkrapfen mit Oberschaumfüllsel* genascht, davon blieben, als er die Lippen zurückzog, an der geküßten Stelle Spuren zurück. War es unüberwindliche Genäschigkeit, Sparsamkeitssinn, der nichts „umkommen" lassen will, oder Ordnungsliebe, die nichts an ungehöriger Stelle verträgt, was ihn dazu veranlaßte? Genug, er streckte die Zunge längelang heraus und begann den ehrwürdigen Scheitel des Großohms abzulecken.

Der Alte geriet in zappelnde Wut und kreischte: „Hinweg! Nehmt den abscheulichen Buben fort!" Als er von seinem Peiniger befreit war, schnellte der Herr Rat vom Sitz empor, er stand lange, vor Erregung keines Lautes mächtig, unausgesetzt mit der herabgerissenen Serviette seine blanke Mondscheibe polierend und gelegentlich unter dem Tuche hervor einen giftigen Blick nach den Gästen schießend, die ihm aus guten Gründen den Rükken zukehrten; endlich ermannte er sich und stürzte nach der Türe.

Aber die Frau des Hauses gab ihrem Gatten einen Blick, und während er dem Gekränkten den Weg vertrat und einige Besonnene ihm begütigend zusprachen, rückte sie rasch die Zeiger der Uhr vor, und das Schlagwerk haspelte die vier dumpfen und die zwölf hellen Schläge herab.

„Zwölf Uhr! Neujahr!" schrie die Nichte, lief auf Schmalhofer zu, fiel ihm mit Tränen in den Augen um den Hals und küßte ihn auf beide Wangen. „Du wirst doch nicht so von uns gehen wollen! Ich bitte dich um Gottes willen, tue uns das nicht an, lieber, lieber Onkel! Welch ein Unglücksjahr wäre das für uns alle, von dessen erster Stunde wir den Verlust deiner Liebe datieren müßten?!“

Zwar wurden jetzt mehrseitig die Taschenuhren zu Rate gezogen, und etliche Begriffsstutzige und Ordnungsphilister behaupteten, daß man eine halbe Stunde zu früh daran sei, aber mit jenem Heroismus, mit dem seit alther die Frauen in kritischen Lagen für eine wohltätige Lüge einzustehen wissen, erklärte die kleine Dame kurzweg: „Ich bedaure die Herrschaften, welche so sehr in der Zeit zurück sind, unsere Uhr geht nach der Sternwarte, und ich habe sie noch heute mittags kontrolliert. Komm, liebes, gutes Onkelchen, spring mit uns ins neue Jahr!“

Das liebe, gute Onkelchen schüttelte sich und maulte, man merkte ihm an, er wäre gerne fort gewesen; er blieb niemandem zuliebe, ihn hielt nur die Furcht zurück, durch seinen Abgang eine wahre Lachorgie zu entfesseln, und so blieb er der Gesellschaft zum Trotze. Es war unerquicklich geworden, und so eilte man zum Schluß, die Tafel wurde fortgeschafft, groß und klein, alt und jung stieg auf die Stühle, die im Kreise herumstanden, die Gläser klangen, alle sprangen mehr oder minder gelenk ins neue Jahr, der Herr Rat tappste zuletzt von einem kleinen Schemel, den man ihm hingestellt hatte und der sich überschlug und ihm an die Waden prallte.

Nun begann ein tumultuarisches Abschiednehmen, Händeschütteln, Umarmen, Küssen, ein Herumsuchen nach und Durcheinanderwerfen von Hüten, Mänteln, Tüchern, und dann verlor sich all das Geschwirre und Geschwurbel nach dem Stiegenhause.

Herr Staatsrat Schmalhofer hatte sich dem Gewühl ferne gehalten, lässig nickte er einigen der Fortgehenden zu, und unterdem tauchte bei ihm der Gedanke auf: Wenn du jetzt so ungesehen dableiben könntest, zu hören, welche Vorwürfe sie sich an den Kopf werfen werden, weil sie dich einer so entwürdigenden Lage aussetzten!

„Das kannst du ja genießen“, sagte ein Erdmännlein, und blitzschnell waren alle im Hause vorhandenen Spinnweben gesammelt, die Fäden kunstreich verknotet, so daß es einen großen, faltigen Schleier gab, der wurde dem Alten über den Kopf geworfen und hüllte ihn bis zu den Zehenspitzen ein. Das Gewebe hatte auch die Eigenschaft, den Verhüllten unhörbar zu machen.

Als die jungen Eheleute nach der Stelle sahen, wo kurz zuvor noch der Onkel stand, war er verschwunden. Die Frau schlug die Hände zusammen: „Der Onkel ist fort.“

„Das seh ich, daß er nicht da ist“, sagte der Mann und ließ sich erschöpft in einen Fauteuil fallen.

Den Herrn Rat durchzuckte ein Schauer. War er wirklich unsichtbar, oder wollten die beiden Schelme es ihn nur glauben machen?

„Es ist aber doch gar unangenehm“, klagte die Frau, „daß er in einer so gereizten Stimmung weggegangen.“

„Liebe Adalgise“, entgegnete der Mann, „es war vielleicht klüger, ihn laufen zu lassen, als ihn in eben dieser seiner Stimmung oder Mißstimmung zurückzuhalten, denn ich, für meine Person, hätte ihm nach all dem Vorgefallenen entweder ins Gesicht lachen oder meinen Ärger aussprechen müssen. Es ist daher besser, daß er gegangen; seines Wiederkommens halber, denk ich, brauchst du dir keine Sorge zu machen.“

Diese streng vertrauliche Mitteilung vergewisserte den Herrn Rat, daß sein Wunsch wirklich erfüllt war, und sobald das für ihn feststand, nahm es ihn weiter auch gar nicht wunder, warum sollte ein Mann wie er, von so ausnehmender Stellung und Persönlichkeit, nicht auch Ausnahmsweises erleben? Nachdem er das leise Grauen, das ihn beschleichen wollte, rasch unterdrückt hatte, fand er seine Lage ganz außergewöhnlich behaglich und unterhaltend.

Er rieb sich die Hände und trat einen Schritt vor.

Frau Adalgise hatte kopfschüttelnd gestanden. „Bester Adolf“, sagte sie, „du hast leicht das und jenes denken, aber wenn ich mich nicht ins Mittel lege und den alten Mann in unser Haus zurückhole, so könnten wir wohl vergebens auf sein Wiederkommen warten, denn es existiert eine gewisse Person, die alles Interesse daran hat, ihn von uns abzuziehen.“

„Ach, die alte Gertrud“, lachte Herr Adolf.

„Sie ist noch nicht so alt.“

„Du hast recht, sie ist für ihre Jahre ein ganz hübsches Frauenzimmer und eigentlich gar nicht auf so einen alten Höhlenbären angewiesen, sie hätte noch immer andere Aussichten.“

„Auf einen hübscheren Mann vielleicht, aber auf keine bessere Partie. Das weiß sie, und der trachtet sie nach. Glaub du nur ja nicht, daß sie sich umsonst bei dem Onkel lieb Kind macht.“

„Das glaube ich ohnehin nicht. Es wäre unbillig, das von ihr zu verlangen. Es mag sie Überwindung genug kosten, und dafür muß ihr wohl nebenher etwas in Aussicht stehen, das sie entschädigte und entschuldigte.“

„Nein, Adolf, ich begreife dich nicht, wie du darüber so leichtfertig sprechen magst! Wenn die Sache perfekt würde, wären alle unsere Hoffnungen zerstört. Denke doch an die Familienzusammengehörigkeit, an unsere Zukunft, an die Zukunft unseres süßen Jungen!“

„Ach Gott, wie tragisch du das wieder nimmst“, gähnte Herr Adolf, während er sich seitwärts beugte und vom Ofenständer das Schüreisen aufgriff; er klopfte damit gegen die Spitze des Stiefels an seinem rechten Bein, mit dem er schlenkerte. „Die Sache wird nicht perfekt, sage ich dir. Der alte Herr hat das instinktive Vorgefühl, daß ihm Frau Gertrud die lange Schmacht- und Wartezeit gehörig eintränken dürfte, sobald er ihrer heimlichen Neigung für ihn die Rechte einer offenkundigen einräumte. Er ginge da einen üblen Tausch ein. In unserem Hause kann er den Herrn spielen und uns zur Last fallen, soviel er Lust hat, in seinem eigenen aber stünde er unter dem Pantoffel, und das wäre nur ihm lästig und für andere lustig."

Frau Adalgise wollte gerade über so schlecht angebrachte Späße ein Schmollmäulchen ziehen, aber da kitzelte sie ein Gnom mit seiner rauhhaarigen Pfote, sie mußte lachen, und das stimmte sie zu munterer Vertraulichkeit, und so sagte sie dann: „Mein Lieber, dir fällt es freilich nicht schwer, die Sache von der heiteren Seite zu nehmen, du hältst dich hübsch in einiger Entfernung und wartest, bis deine opfermutige Gemahlin alles wieder ins alte Geleise gebracht hat. Ich nenne mich opfermutig, denn dieses Beschmeicheln und Zärteln fordert einige Selbstentäußerung, da der alte Mann sich ganz und gar vernachlässigt."

Die Munterkeit der Frau stachelte den Mann, die Rolle des Witzboldes weiterzuspielen. „Aber, liebes Kind", lachte er, „nimm ihm das doch nicht übel! Je schmutziger sich so ein Erbonkel zeigt, desto gewaschener wird sein Testament."

Diesmal aber legte der Gnom beide Hände auf den Rücken. Frau Adalgise lachte nicht, sie warf ihrem Gatten einen zürnenden Blick zu und sagte scharf und schneidig: „Adolf, verschone mich mit so rohen, rücksichtslosen Reden! Ich verbitte mir, daß du meine Sorge mißdeutest und sie lediglich auf eigennützige Motive zurückführst!"

Wenn ein Mann auf beifälliges Lachen rechnet, da er einen Witzpfeil losgeschnellt, wie wenige bessere in den

„Knallerbsen" oder in dem „Buch zum Totlachen" eingeköchert sind, und er bekommt dann eine solche unerwartete, seiner Stimmung zuwiderlaufende Äußerung zu hören, so muß ihn das außer sich bringen.

„Was tu ich?" schrie Herr Adolf, vom Sitz emporschnellend. „Deine Sorgen mißdeute ich, und auf eigennützige Motive führe ich sie zurück, wenn ich die Sache beim wahren Namen nenne?! Wenn euch Frauen in heiklen Dingen die nackte Wahrheit anstößig erscheint, so daß ihr glaubt, derselben ein Mäntelchen umhängen zu müssen, meinetwegen! Wenn ihr im Verkehr mit unsereinem selbst unter vier Augen das Dekorum gern wahrt oder euch vor euren eigenen als vollkommenere Wesen aufspielt, wie ihr seid, so ist das eine Schwäche, aber eine liebenswürdige Schwäche, eine Schwäche, um derenwillen man euch schätzt und achtet; doch in einer ganz planen und klaren Geschäftssache komme mir nicht mit Familienzusammengehörigkeit, Zukunft und Kindeszukunft zugestiegen! Rein lächerlich, das! Es ist ja doch nur die Erbschaft, um die es sich uns handelt, auf die wir warten, der zulieb wir uns alle Unannehmlichkeiten gefallen lassen; denn was das Getue und Gedahle mit dem alten Patron anlangt, so kann es dir nicht widerlicher sein, wie es mir ist, und ich hoffe, wir kriegen da bald einen Anfang vom Ende zu sehen; gar lang kann er's ja nimmer mitmachen."

Das war zuviel. „Elendes Gesindel!" donnerte der Herr Staatsrat, wovon die, welche es anging, freilich keinen Laut vernahmen; aber er hatte auch vor Entrüstung die Hände über den Kopf zusammengeschlagen und dadurch den Schleier emporgezogen und wurde nun, so weit er sich dabei enthüllte, sichtbar.

Die junge Frau erbleichte, rang die Hände ineinander und schrie: „Um Gottes willen, dort steht der Oheim bis zu den Knien!"

„Halluzination!“ sagte ihr Gemahl. „Durch psychischen und physischen Rapport, den ich, als zwischen uns beiden bestehend, voraussetzen kann, von dir auf mich übertragene Halluzination; denn ich kann nicht leugnen, daß ich genau das wahrzunehmen glaube, was du dir zu sehen einbildest.“

Adalgise schmiegte sich an ihn und flüsterte zähneklappernd: „Nicht wahr? Es sind ganz zuverlässig des Onkels Beine! Am Ende ist ihm etwas zugestoßen und ...“

„Er kommt es anmelden? Nein, Kind, ich glaube an keine totale Geistererscheinung, geschweige an eine partielle, und vollends unerklärlich wäre mir so eine ‚Fußpartie‘ aus dem Lande, von deß Bezirk kein Wanderer wiederkehrt. Pah, es ist nichts, sage ich dir, da“ – er schleuderte den Schürhaken dem Herrn Rat an die Schienbeine, der zog die Füße an sich und senkte die Arme, um nach den schmerzenden Stellen zu greifen, wodurch der Schleier wieder herabsank –, „siehst du, nun ist's fort!“

Schmalhofer hinkte zur halb offenstehenden Türe hinaus, und während er sich durch das nächste im Dunkel liegende Gemach tastete, entkleideten ihn die Erdmännlein des Schleiers und seiner Unsichtbarkeit. Als er in das hell erleuchtete Vorzimmer trat, wo er, da man ihn nicht fortgehen sah, erwartet worden war, half ihm ein Diener in den Rock, und eine Magd griff nach der bereitstehenden Lampe und geleitete ihn die Treppe hinab. Er wischte zum Tore hinaus und stieg in seinen Wagen.

„Frau Gertrud“, sagt er, heimgekehrt, „Frau Gertrud, ich bin moralisch herunten, und auch im Magen ist mir flau. Kochen Sie einen Tee, und wenn Sie mir gut sind –“

„Oh, Herr Rat –“

„So nehmen Sie dann eine Tasse Tee mit mir.“

„Diese Ehre!“ Sie knickste.

„Ich habe mit Ihnen zu sprechen."

„Ich werde ganz zu Ihren Diensten sein, Herr Rat." Sie eilte nach der Küche.

„Sie ist wirklich noch ein recht hübsches Frauenzimmer", murmelte Schmalhofer, als er allein saß; und bald das eine, bald das andere Bein sanft frottierend, fuhr er fort: „Sie mag vielleicht etwas aufbrausenden Temperamentes sein, aber mit Schüreisen wird sie nicht nach einem werfen. – Bagasche! – Vor Leuten wird sie mich nicht dem Spotte und dem Gelächter preisgeben, schon ihrer selbst willen nicht. – Gesindel! – Und mein Leben wird sie mir gönnen, sie ist eine wirtschaftliche Person, und gegen meinen vollen Gehalt würde die schmale Pension dem Hauswesen doch gewaltigen Abbruch tun. – Infame Aasgeier! – Wenn sie mich zum Manne wünscht, muß sie sich doch zu ein wenig Zärteln und Gedahle verstehen und ich ihr keineswegs so widerwärtig erscheinen wie euch, Delikatchen! Na, wartet nur!"

Als Frau Gertrud mit dem Teebrett erschien, faßte er sie an der Hand und nötigte sie, neben ihm auf dem Diwan Platz zu nehmen.

Er begann mit der nicht mehr neuen Behauptung, daß diese Welt eine arge Welt voll schlechter, undankbarer Geschöpfe sei, denen er nach seinen heutigen Erfahrungen auch seine eigenen nächsten Verwandten beizählen müsse, die ihn auf das unwürdigste mißhandelten und Frau Gertrud verleumdeten; diese Verleumdung aber sei nun hinfällig geworden, lange genug hätte ihn die falsche Anhänglichkeit dieser Leute für die in seiner nächsten Nähe ihm entgegengebrachte wahre blind gemacht, jetzt aber habe er Augen dafür!

Frau Gertrud hatte gute Lust, die ihren groß aufzureißen, zog es aber vor, sie zu Boden zu schlagen.

Der Herr Rat setzte, etwas beklommen, seine Rede

fort, und da er hierbei vorab auf ein allgemeines menschliches Los anspielte, so hätten unbefangene Hörer nach seiner verzweifelt ernsten Miene und umflorten Stimme glauben können, er wolle vom Sterben sprechen, aber er gelangte glücklich darüber hinweg zur „Erkenntnis der Bürgerpflichten“ und weiter zur „Pflege der häuslichen Tugenden“, bis er froh aufatmend mit der „Knüpfung heiliger Bande“ schloß. Es ist das immerhin eine ernste Sache, und man tut gut, je später man sich dazu anschickt, je nachdrucksamer den Ton auf die Heiligkeit der Bande zu legen, nur ist dabei auch zu bedenken: Wo die Bande einschneiden, da lockert sich die Heiligkeit.

Frau Gertrud begann laut zu schluchzen, es waren Dankestränen, ihre Bitte war erhört, Gott hatte sie es erleben lassen!

Es war zu entschuldigen, daß der Herr Rat, der keine Ahnung von dem frommen Anlaß ihrer Rührung hatte, diese mißverstand und sich durch selbe ebensosehr erbaut als geschmeichelt fühlte, da er sie der Dankesbeklemmung zuschrieb, die ihm einem so unerwarteten, alle Hoffnungen überragenden Glück gegenüber ganz am Platze schien. In einer, nach seiner Art, übermütigen Stimmung verfiel er sogar auf einen kosenden Scherz, auch nach seiner Art, und flüsterte der Bewegten zu: „Trockne, traute Trude, deine Tränen!“

Aber Frau Gertrud war ein resolutes, vor- und umsichtiges Weib, sie erhob sich nassen Auges und holte vom Schreibtisch das Tintenzeug, setzte es vor den Herrn Rat nieder und bat ihn, wenn sie ihm Glauben und Vertrauen schenken solle, ihr die Zusicherung ihres Glückes schriftlich zu geben. Entzückt über den praktischen Sinn seiner Zukünftigen, der selbst im Ansturm der Gefühle so wakker standhielt, ergriff Schmalhofer die Feder und fertigte ein bindendes Eheversprechen aus und sandete es tüchtig

ein; ohne die Streukörner wegzublasen oder mit den Fingern abzuschnellen, barg Frau Gertrude das raschelnde Blatt in ihrem Busen.

Indes schrieb der Herr Rat auf einem Papierstreifen noch ein paar Zeilen nieder, die andern Tages durch die Schnellpresse vervielfältigt werden sollten, um, voraussichtlich, die Bekannten damit zu überraschen, die Verwandten aber niederzuschmettern.

Die Erdmännchen guckten dem Schreiber über die Achsel und nickten und blinzten boshaft zu.

„Der verunglimpft uns den Silvester nimmer! Das nächste Mal schon gilt ihm sicher der letzte als der schönste Tag des Jahres, weil er wieder eins überstanden hat, und die Verhüllung der Vergangenheit, besonders der zunächst gelegenen, dürfte ihm große Erleichterung gewähren; ob er es aber dann noch als ein Vergnügen empfinden wird, die Zukunft, die ihn in seinen Träumen verfolgt, vorwegzunehmen? Darüber mag sich Freund Silvester klarwerden."

Der alte Herr hob den Zettel mit den noch feuchten Schriftzügen gegen das Licht, es stand nichts zu lesen als:

Gertrude Breithuber
und
Gotthelf Schmalhofer
empfehlen sich als
Verlobte.

In der Andreasnacht

Einen grundgscheiten Buben hatte der Hainfelder Niklas auf seinem Hofe aufwachsen, schade, daß dem sechs Jahre alten Knirps vor anderthalb Jahren die Mutter gestorben war; es betrübte den Bauern gar sehr, daß sie, die sich doch rechtschaffen über das Kind hätte freuen müssen, das nimmer erlebte.

Bald nach dem Tode der Bäuerin war eine kreuzbrave Dirn auf dem Hofe in Dienst eingestanden und hatte sich bei dem kleinen Niklas recht einzuschmeicheln gewußt, auch der große war ihr nicht abhold, denn er mußte sich's gestehen, wenn er so die Stasi sich über die Wege laufen sah, nie müßig und allezeit nett, daß sie nicht nur eine kreuzbrave, sondern auch eine mudelsaubere Dirn sei.

Er war erst achtundzwanzig Jahre alt, der Bauer, also noch in einem Alter, wo die Neugierde, was ein junges Frauenzimmer seinerseits von ihm halte, ebenso gerechtfertigt als von einem gewissen angenehmen Interesse war, ohne daß man beidteilig oder anderwärtig irgendwelchen Arg dabei zu haben brauchte.

Die Menschen halten sich jedoch selten an das, was sie brauchten oder nicht brauchten, und tun gewöhnlich ein übriges über den Bedarf. Beschränkten sich auch die anfänglichen Beziehungen zwischen dem Bauern und der Magd auf die lächelnde Anfrage, ob sie ihn scheuen tät und wie er bei ihr in der Gnad stünd, und auf die lachende Antwort, er säh just nit zum Fürchten aus und brauche nit auf ihre Gnad anzstehn, so machten doch die Leute unliebsame Glossen darüber und ließen etwas von „Dirnbeschwätzen“ und „Männerfangen“ fallen.

Der Bauer murrte darüber, „daß einem die Leut nie kein Gutes nit gönnen“, und die Anastasia war sehr übel auf die Welt zu sprechen, „die von einem nit anders denkt, als wie sie selber schlecht sein tät“. Sie dachte daran, dem Bauern den Dienst aufzusagen, er sprach ihr zu, an kein so dummes Gered sich zu kehren, und schließlich wurden sie eins, daß sie sich doch nicht einmal in Gedanken ein Unrechtes vorzuwerfen hätten, daß sie's nun just belassen wollten, wobei's war – und wobei doch wirklich nichts war, dessen sie sich vor Gott und sich selber, geschweige vor der Welt, hätten schämen müssen.

Die Welt hatte somit durch ihre abträglichen Äußerungen der Sache nur Vorschub geleistet und, nachdem sich der Hainfelder und die Anastasia miteinander im Bunde gegen die böse Welt wußten, schlossen sie sich gegenseitig schon etwas näher aneinander, sie standen sozusagen Rücken an Rücken wider sie und wehrten sich vorläufig jedes für sein Teil.

Eine Weile schien es auch, als schafften sie sich in solcher Abwehr hinlänglich Raum, um ihres Willens und ihrer Entschließungen Herr bleiben zu können; aber mit einmal unternahm der Feind – die böse Welt und die schlechten Leut – einen kombinierten Angriff. Wollte man sie früher auseinander haben, so suchte man sie jetzt zusammenzudrängen und es ihnen so enge zu machen, daß sie entweder das Weite suchen oder sich gefangengeben mußten. Man fragte: Was soll daraus werden? Und wenn ihr zusammenhalten wollt, will d' lebfrische Anastasia einen Wittiber mit einem Kind nehmen und der Hainfelder ein blutjunges Ding seinem Kind zur Stiefmutter geben?

Was die beiden Leutchen auch im stillen geträumt und

geplant haben mochten, die Frage auf den Kopf zu verstimmte sie doch. Mochten sie ans Zusammenhalten gedacht haben – aber daß es jetzt von gegnerischer Seite gefordert wurde, das verblüffte sie und machte sie mißtrauisch dagegen. „Zu nix Gutem raten einem die Leut nit", dachte der Bauer. „Wär's a Glück, möchten s' mich nit dazu bescheiden, sondern mir's neiden", meinte die Dirn, und sie fragte sich auch ernstlich, ob sie als Weib des großen Niklas dem kleinen so gut werde bleiben können, um ihm eine rechte Mutter zu sein? Und der Hainfelder gestand sich zu, wie lieb ihm die Dirn auch sein könne, 's wär doch eine schwere Sach, einem Kind eine Stiefmutter zu geben.

Von dieser Seite betrachtet, da mit einmal die Empfindung vor der Erwägung zurücktreten sollte, kehrte ihnen ihre Lage doch ein gar ernstes Gesicht zu. Beide fühlten sich ihrer selbst und des anderen Teiles nicht ganz sicher, sie begannen sich auszuweichen und eine gewisse Genugtuung darin zu fühlen, daß sie sich nichts merken lassen und noch weniger Red gehabt hätten, was unter ehrlichen Leuten binden und verpflichten konnte, denn Unehrlichkeit hielten sie beidseits und gegenseitig von allem Anfang an für ausgeschlossen.

So kam es denn, daß eines Tages die Magd vor den Bauern hintrat und ihm den Dienst aufsagte und er dies als etwas Vorausgesehenes hinnahm und nur ein paarmal sachte mit dem Kopf nickte, als wollte er sagen: „Wußt's ja eh, was kommt. Hast recht, denkst brav!"

So sollten die beiden nur mehr bis zum nächsten Frühjahr zusammenbleiben, dann ging die Stasi vom Hofe hinweg, und der große und der kleine Niklas blieben darauf zurück, und war alles, was etwa hätte sein können, für immer und allezeit vorbei.

So kam der dreißigste November, der Andreastag, heran. Dieser Tag unterscheidet sich, was seine lichte Hälfte anlangt, von keinem der unangestrichenen im Kalender, anders verhält es sich jedoch mit der Andreasnacht; in der konnte ein Mensch, wenn es ihn gelüstete, den Schleier der Zukunft lüften und einen Blick dahinter tun und im voraus wissen, was ihm bevorstand; es gehörte aber immerhin einiger Mut dazu, da dem Übel, das ihn etwa bedrohte, durch nichts vorzubeugen war.

In der Nacht des heiligen Andreas wurde wie in jener des heiligen Silvester Blei gegossen; man ließ es auf einem blechernen Löffel über der Kerzenflamme zerlaufen und goß es in eine Schale kalten Wassers; aus den Formen, die es im Erstarren annahm, schloß man auf die künftigen Ereignisse. Sah der Bleiklumpen einem Totenkopfe oder einem Grabhügel gleich, so deutete das auf ein Versterben innerhalb Jahresfrist, bildete es einen Ring, so war in gleichem Zeitraum die Vermählung zu gewärtigen, auch ein bleiernes Wickelkind ließ dieselbe Auslegung zu, doch sollen manche Dirnen sich zu ihrem Schaden überzeugt haben, daß für diesen Fall der Ring das verläßlichere Zeichen wäre, obgleich sie nicht in die Lage kamen, im allgemeinen die Untrüglichkeit des Orakels anzuzweifeln. Ein Stab, ein Bündel auf dem Grunde der Schale kündete das Verlassen des Heimatortes oder Verarmung an, denn es konnte ebensogut Wanderstab und Reisesack als Bettelstab und Betteltasche gemeint sein. Überhaupt gehört viel Einbildungskraft dazu, aus dem zerfahrenen Bleigußklümpchen eine Ähnlichkeit mit dem oder jenem Gegenstande herauszufinden, und läßt wohl jedes davon eine verschiedenartige Deutung und jede Deutung mehrere Auslegungen zu, wobei sich immer nur die Gemütsart des Neugierigen verraten wird, der Aufschluß über die Zukunft verlangt. Die Trübsinnigen werden nichts Gutes und die Leichtmütigen nichts Übles heraustüfteln. So behaupteten die Knechte eines alten Bauern, derselbe habe ein Geweih gegossen, er aber betrachtete es als isländisches Moos, was bekanntlich einen guten Brusttee gibt, und hielt dafür, es sei ihm bestimmt, von seinem Lungenleiden im nächsten Jahr schon zu genesen, und die Hoffnung verhalf ihm zu solcher Widerstandskraft gegen die Krankheit, daß er es noch erlebte, sein liederliches Weib begraben zu können.

Die meisten Dirnen aber wenden sich in ihrer Hauptangelegenheit und Lebensfrage geradezu an den heiligen Apostel. In stiller Mitternacht setzen sie den Fuß auf die Stufe vorm Bett und sagen dazu das Sprüchlein her:

„Bettstaffel, i tritt dich,
Heiliger Andreas, i bitt dich,
Zeig mir mein Mon!“

Erhört der Heilige diese Anrufung, so zeigt sich entweder der Zukünftige oder gibt sich auf irgendwelche Weise kund; dabei sollen sich jedoch zumeist jene Dirnen enttäuscht fühlen, welche erwarten, einen, auf den sie schon ein Auge geworfen haben, leibhaftig erscheinen zu sehen, denn für gewöhnlich stellen sich weder Erwartete noch Unerwartete in Person ein; es ist aber auch ein unbilliges Verlangen, daß sich der Heilige mit beliebten oder beliebigen Bauernbengeln abschleppen soll, um sie an Ort und Stelle, manchmal einen zugleich an zwei Orte und Stellen, zu schaffen! Nur wenigen, die gleich heißen Herzens wie Kopfes sind, soll es vergönnt sein, „ihn“ im Bilde zu sehen, dafür zeigen sich solche Begünstigte um so befriedigter, denn entweder ist das Bild eine Abspiegelung dessen, das sie schon im Herzen tragen, oder ein Abklatsch desjenigen, das sie erst im Köpfchen träumen und das in der feineren Mundart der Liebe Ideal genannt wird. Weniger phantasiereiche und heißblütige Naturen begnügen sich mit einer einfachen Kundgebung und finden sich damit trefflich zurecht. Da ist jeder an einem unrechten Orte vorfindliche Gegenstand von Bedeutung; das Dirnlein, das eine Brotrinde auf dem Fensterbrett entdeckte, sähe dadurch – was ja so nahe liegt und ganz natürlich ist – die künftige Bäckersfrau vorbedeutet, und die Werbung des Schreiners im Orte wäre aussichtslos, könnte er nicht hinter das Geheimnis kommen und die Spröde aufklären, daß gerade erst dann, wenn sie ihn heirate, alles seine Richtigkeit hätt: denn er hieße Beck, und sie würde dann Beckers Frau oder kurzweg die Beckin.

Auch Hundegebell hat, nachdem die obige Anrufung geschehen ist, etwas Prophetisches, denn in der Gegend, woher es schallt, liegt das Heim des künftigen Gatten. Wenn sich aber, wider alles bessere Erwarten, gar nichts rührt, sich nichts blicken und hören läßt, so braucht man trotzdem das Vertrauen auf Sankt Andreas nicht zu verlieren und kann noch immer auf einen Traum hoffen, der sich vor Tagesanbruch einstellt und alle gewünschten Aufschlüsse bringt.

Dieses sogenannte Bettstaffeltreten war im eigentlichen Sinne allzeit nur in Gegenden möglich, wo man noch, der Altväter naiver Anschauungsweise folgend, das Bett als das vornehmste Hausgerät bezeichnete, indem man es über alles andere erhöhte und auf einen Staffel stellte; indessen haben sich auch anderwärts, wo es landes- und ortsüblich war, das Bett auf den ebenen Estrich zu stellen, die Dirnen die Anrufung des heiligen Andreas nicht nehmen lassen, und da es keinen Bettstaffel zu treten gab, sich anderweitig beholfen; ihr Sprüchlein begann: „Bettspond, i tritt dich", also die Bettspinde, die Bettlade war es, die sie traten.

Bei den alten Möbelstücken wußte man eben Rat, betrachtet man dagegen die modernen Bettstellen, ohne

Staffel und Lade, so könnten einem die armen Mädchen leid tun, welche die gleiche begreifliche Neugierde plagt wie dermaleinst ihre Mütter; andererseits muß es jedoch jeden Menschenfreund erfreuen, dem Aberglauben wieder ein paar Requisiten entzogen zu sehen. Freilich hat jedes Ding zwei Seiten, und viele Männer gönnen den Weibern nebst allem guten Glauben auch noch allen Aberglauben dazu, weil sie meinen, es wäre nicht abzusehen, wohin es käme, wenn die einmal freigeisterisch dächten und sich einbildeten, nicht das Genommenwerden sei ihr Los, sondern das Nehmen ihr Beruf.

Noch gab es eine bescheidene Art, die Zukunft zu entschleiern, wobei sich zwei Leute, mochten sie sich nun im stillen oder erklärt lieben, wohl des Segens der Nacht des heiligen Apostels teilhaftig machten, aber weder dessen persönliche Mitwirkung verlangten noch weitgehendere Aufschlüsse begehrten, als den einen: ob sie sich bekämen.

Von dieser Orakelei soll später die Rede sein, um der Erzählung, in welche sie hineinspielt, nicht vorzugreifen.

Schon beim Frühstück hatte der Hainfelder die Anastasia gefragt: „No, wirst heunt nacht wohl Bettstaffel treten?“ Er blinzelte dabei mit den Augen und zog den Mund breit, denn wenn ein Mann solche Dinge zur Sprache bringt, steht ihm ein überlegenes Lächeln gut zu Gesicht.

„Fallt mer nit ein“, erwiderte die Stasi.

„Ei, warum nit?“ fuhr der Bauer fort. „Vielleicht meldet sich a Braver an.“

„Vielleicht aber a a Schlimmer“, sagte die Dirne. „Falls mir überhaupt einer bstimmt sein tät, käm ich seinzeit ihm nit aus und er mir nit; und muß mer sich gleichsam ungschauter nehmen, so laß ich's bis af d' Letzt anstehn und verlang mer gar koan vorherige Bekanntschaft. Is eh, glaub ich, gscheiter, mer fragt koan'm nit nach, je weniger mer sich um d' Moner bekümmert, je leichter kriegt mer oan. Schließlich richt mer's ja a ohne oan solchen, und dö nit gfallt, braucht sich a nix gfallen z' lassen."

Mittags bei Tisch meinte der Bauer, diesmal das überlegene Lächeln beiseite lassend: „Oans solltn mer doch unternehmen: Bleigießen! Wo mer eh 's nächste Jahr nimmer beinand sein werdn, wüßt doch a jeds, was oan'm jeden von uns bevorstund, schon im voraus beim Auseinandergehn, und wär mer beruhigter. Hm?"

„Ei, laß mich aus", schmollte die Dirne, „ich verlang mir koan Zukünftigs z' wissen. Was nutzt's denn a? Wann mer a Leid afm Weg wüßt und daß ihm nit auszlaufen is, sterbet man schon im vorhinein vor Angst, und von oaner verhergwüßten Freud gang oa'm d' Halbscheid verlorn. Dös sein lauter so fürwitzige Sachen."

Da nickte der Bauer nachdenklich mit dem Kopfe und schwieg.

Er hatte sich keine Rechenschaft gegeben, als er der Dirne das Bettstaffeltreten zumutete und hierauf das Bleigießen vorschlug, was er eigentlich bei dem einen oder dem anderen herauskommen zu sehen hoffte oder fürchtete. Hoffte er, selbst der sich anmeldende Zukünftige zu sein, oder fürchtete er, von einem anderen zu hören, gönnte er einem recht Braven die Stasi und dieser jenen, oder wünschte er, daß durch das Unterbleiben jeglicher Anmeldung die arme Dirne dem Altjungferntum überantwortet erscheine? Erwartete er Aufschlüsse über die Zukunft, welche die Stasi in der Fremde ihr Glück finden ließen, oder solche, die ihr wenig davon in Aussicht stellten, sobald sie dem Hause den Rücken gekehrt haben werde?

Er ließ sich hierüber in keine Gewissenserforschung ein, aber er war doch ehrlich genug, sich zu gestehen, daß er die Dirne keinem anderen gönnen möge noch sie im Glücke denken könne, ohne den lebhaften Wunsch, daran teilzuhaben! Wozu denn also die bildsaubere, kreuzbrave Dirn ziehen lassen? Warum sie nit selber nehmen? Daher verlangte es ihn, dieweil sie noch zu halten und zu nehmen war, nach einer günstigen Vorbedeutung, nach einem Fingerzeig für ihrer beider Zusammengehörigkeit, wie ihn die Andreasnacht bringen konnte und vor welcher Kundgebung die aufdringlichen Skrupel und Zweifel samt und sonders verstummen mußten.

Schien auch die Stasi nicht viel von derlei Orakeln zu halten, so stand doch zu erwarten, daß sie einem offenbarten Schicksalsschluß, der sie in Ehren am Orte verbleiben hieß, nicht ungern sich fügen werde.

Der Bauer spintisierte, bis die Dunkelheit anbrach, und noch darüber hinaus und in diese hinein. Er saß sehr duchsig und kleinlaut beim Nachtmahl, sah oft nachdenklich nach seinem Buben, den die Leni, eine Magd, die im Hause alt geworden war, auf dem Schoße hielt; und als die beiden Knechte hinweggingen, ihre Schlafstellen aufzusuchen, und Stasi sich erhob, um gleichfalls gute Nacht zu bieten, da faßte er die Dirne an der Hand und sagte, diesmal wieder lächelnd, aber es sah etwas blöde aus: „Hör, Stasi, ganz unprobiert sollten wir die heutig Nacht doch nit vorübergehn lassen. Versuchen wir's mitm Nußschalnschwimmen. Es is wohl nur so a Gspaß, aber mer wüßt doch, woran mer is."

Da lächelte die Stasi. „Du bist doch a kindischer Ding, Bauer. Verredst selber so vorwisserisch Veranstalten als a Dummheit und kannst's frei nit erwarten, daß d' 's ins Werk richtst." Sie zuckte mit den Achseln. „Übrigens tu, was dich gfreut! Ich red dir nit ab noch zu; scheint mir, es möcht eh nix helfen."

Der Hainfelder ging in die Küche, langte eine große

Schüssel vom Geschirrständer, füllte sie bis zum Rande mit Wasser und setzte sie auf den Tisch; dann brach er eine Nuß auseinander, entkernte sie, schabte beide Schalen mit seinem Taschenmesser rein und klebte in jede ein Wachskerzenstümpfchen hinein, so daß sie sich wie winzige Schiffchen mit einem Mast ausnahmen.

Angesichts dieser Vorbereitungen ließ sich der kleine Niklas nicht länger von der alten Leni zurückhalten, er legte sich mit dem Oberkörper platt auf den Tisch und reichte mit der Nase fast an den Rand der Schüssel.

Der große Niklas brannte die Wachskerzchen an, während er dem Kleinen auf das strengste einschärfte, sich nicht zu rühren und den Atem an sich zu halten, damit er nicht den Tisch stoße oder ihnen gar in die Schüssel „pfnause".

Andererseits bedeutete die alte Leni dem Knaben: „Siehst, mei Büberl, wonn dö zwoa Schifferln afananđer zuschwimmen und sich Seit an Seit zsammhängen taten, dann käm die Stasi nit fort von uns, bleibet beim Vodern und möcht dein Mutter sein."

Der kleine Niklas blinzelte über die Schüssel weg die Stasi freundlich und fragend an. Was so ein kleiner Kerl zu gucken weiß? Sie fühlte ihre Wangen brennen.

Da drehte sich das Krausköpfchen und fragte über die Achsel: „Und wann d' Schifferln nit zsammschwimmen taten?"

„Jo mein, dann, dann war's halt nix", antwortete die Alte, „dann war's mit allm nix nöt!"

Nun wurden die beiden Schiffchen mit flammenden Masten, jedes von anderer Seite, eine Handbreit vom Rande der Schüssel, in das Wasser gesetzt; sie regten sich anfangs kaum merklich, dann schienen sie einander sich nähern zu wollen, drehten aber bald nach entgegengesetzten Richtungen bei und gingen mit zunehmender Geschwindigkeit – eins weitab vom andern – ans Ufer.

Der Bauer ließ den Kopf hängen und starrte vor sich auf die Tischplatte. „No jo", murmelte er. Die Stasi mußte plötzlich ein Schuh drücken, denn sie rückte seitwärts den linken Fuß etwas hervor und betrachtete sehr aufmerksam die Zehenspitzen.

Beide wurden erst durch den Schrei der alten Leni: „Aber gehst nit!" veranlaßt, wieder aufzublicken.

Der kleine Niklas ging nämlich mit einem Zeigefingerchen zuerst an Bord des einen Schiffchens und steuerte es in hohe See, dann holte er auf gleiche Weise das zweite

vom Ufer und führte es so nahe an das erste heran, daß, als er es freigab, die Fahrzeuge sich mit einem Ruck aneinanderschlossen.

Und nun hob der Bub das lachende Gesichtchen mit den lustigen Guckäuglein und den blinkenden Zähnen und reckte das Fingerchen, mit dem er so keck das Zukunft deutende Spiel korrigiert hatte, gegen den Vater und die Stasi aus.

„Jesses, Maria und Joseph!“ schrie der Bauer freudig auf und klatschte in die Hände, „bist du aber a grundgscheites Bübel, du!“ Er sprang vom Sitze, nahm das Kind auf den einen Arm und legte den anderen um die Hüfte der Dirne. „Viel gscheiter als mir Erwachsene, gelt, Stasi? Schier hätten mir uns frei alls Glück, was mir uns doch im stilln, eins vom andern, derwart habn, da in derer dalketen Millischüssel im Wasser dertränken lassen! Na, na, na, dös hätt doch wahrli koan Verstand ghabt. Nikerl, gib deiner Stasi-Muada a Bussel!“

Damit legte er ihr den zappelnden Buben in die Arme und fanden sich der kleine und der große Niklas, jeder nach seiner Art, in selben gut aufgehoben.

Die fromme Kathrin

Ich saß neben ihr. Der Leser wird wohlmeinend verwarnt, keinen irgend schwärmerischen Nachdruck auf das „ihr“ zu legen, denn sie war ein altes, bresthaftes Weib, und ich saß neben ihr auf der Bank unter dem breitblätterigen Kastanienbaum, der vor dem „Arme-Leut-Haus“ stand.

Es gibt wohl Dörfer, in welchen fast jedes Haus so ein „Arme-Leut-Haus“ ist, und wenn da einer noch obendrein sein Obdach verliert, so muß er jahrüber als sogenannter „Einleger“ die ganze Gemeinde Hütte für Hütte durchwandern. Jeder hält ihn, solange es eben angehen mag, und alle halten ihn schlecht; hat der Einleger die letzte Hütte verlassen, so spricht er wieder in der ersten zu, von beiden Teilen aber freut sich keiner sonderlich auf das Wiedersehen. Reichere Ortschaften halten so ein „Arme-Leut-Haus“, wo der verschämte Arme Obdach und kärgliche Verpflegung findet und der unverschämte Bettler die letzte Zuflucht, wenn er körperlicher Gebrechen halber nimmer auf der offenen Landstraße herumstreichen kann, denn solang das noch angeht, lacht er über die Zumutung, im „Arme-Leut-Haus“ sich versperren zu lassen.

„Schau, schau“, sagte das Mütterchen an meiner Seite, „hätt’s nicht gedacht, daß sich so ein schöner Herr noch neben mich altes Weib setzen möcht, vor fünfzig Jahren wär’s nit zum Verwundern gewest, aber heut nehm ich’s keinem für übel, wenn er lieber vor mir davonläuft als bleibt.“

„Ich hab es nie sonderlich gescheit finden können, wenn man einem Alten vorhielt, daß er nimmer jung sei. Jünger kann keiner gewesen sein, als wir's gewesen sind, aber älter kann eins wohl werden als das andere, und alt wollen wir alle werden, ob wir uns und anderen dabei gefallen oder nicht. Ihr seid ja auch einmal jung gewesen, Frau Mutter!"

„Ei freilich", sagte sie und sah dabei ganz glücklich drein, als wär ihr eine große Gnade damit erwiesen worden, daß sie auch einmal jung war. „Ei freilich, nur merkt man halt jetzt nichts mehr davon. Gelt, es ist schön da heroben, und deswegen habt ihr Euch hergesetzt und nehmt so 'ne unbeschaffene Nachbarschaft mit in'n Kauf?"

Es war auch schön. Das Armenhaus stand auf einer Anhöhe, von der man das Dorf und ein gut Stück flachen Landes übersah. Die Gegend lag im Abendsonnenschein, rosig leuchteten die kahlen Felsen der nicht allzu fernen Berge, und die bewaldeten Höhen umgab ein goldig brauner Schimmer. Die Häuschen lagen scharf im Schatten oder mit glühenden Fenstern im Licht, der Bach funkelte und brannte und erlosch, wo er in den Schatten der Berge einbog. Eine stille, friedliche Welt im Festgewande.

„Gefällt's Euch da?"

„Ausnehmend, das will ich meinen."

„Das freut mich, daß Ihr das lobt, lieber Herr, denn es ist meine Heimat. Zu vieltausendmal hab ich's schon gesehen; Ihr glaubt es nicht, wie schön es da selbst zur Winterszeit ist. Ich verdient blind zu werden – wovor mich Gott und unsere liebe Frau in Gnaden bewahren mögen –, wenn mir's nimmer gefiele! Denn da auf dem Fleck bin ich geboren, und auf dem Fleck Erde geh ich auch zur Ruh; von der andern Welt, so weit und nah sie herumliegt, weiß ich spottwenig. Es muß gar eigen sein, wenn ein Mensch viel in der Welt herumkommt, da geboren wird, weit davon heiratet, an einem dritten Ort wirtschaftet und an einem vierten, wo er's gar nie gedacht hat, den Tod erwartet. Herr, ich kann mir's nit vorstellen, wie sich so einer in Gedanken strecken und recken muß, daß er auf jedes Fleckerl Erden reicht und sein Erinnern zusammenfaßt – so ist dir's da ergangen und da –, mag wohl auch viel danebenfallen, ich fürcht, ich tät mich völlig selbst verlieren, wenn ich mir von aller Welt Enden so stückweis mein Leben zusammenlesen müßt. Gehört ein starker Kopf dazu, wer den nicht hat, verzettelt sich in der Welt. Ich hab es immer gar kläglich gefunden, wenn man Leut von ihrer Heimat ausgetrieben hat, man nimmt ihnen ein gut Stück Leben weg und läßt ihnen ein unklar Träumen; lieber Herr, das ist halt so mein Reden, Ihr müßt mich nur verstehn! Hehe, als kleines Mädel wollt ich durchaus in unserem Dörfel gefirmt werden – verzeih mir die Sünde –, sonst lieber gar nicht. Es hat viel Zureden gekostet, bis sie mich in die Stadt gebracht haben, denn kommt man auch im Ort zu jeder andern Tröstung und Gnadspendung, den Heiligen Geist muß man sich schon von weiter herholen. So bin ich denn auf einen Tag in der Stadt gewesen, bin in dem Gewirr und Gewog wie träumend einhergegangen und herumgestoßen worden, weiß heut nit, zählt der Tag oder nit. Ich hab's nit viel weiter gebracht wie das Käferl auf der Stauden, aber da kenn ich, wie das, jedes Blättchen. Weiß meine Wege ein und aus. Seht gerad vor Euch hin! Das große Haus mit den leuchtenden Fenstern, 's ist mein Elternhaus, da hab ich manch Paar kleine Schüherln vertreten und später dort in dem Gasthof manch ein größeres zur Kirchweih vertanzt; am andern End, schon fast am Waldrand, sieht die Hütte her, wo ich als Weib gehaust hab, und von da biegt sich der

Weg und hat mich mit auf die Höh geführt, gar bis da herauf ins ‚Arme-Leut-Haus'. Ja. Und inmitten steht die Kirch, dort bin getauft und kopuliert worden, und noch eins wird mir nicht ausbleiben, und dann geht mein Weg erst recht aufwärts, bis dort gegenüber auf die Waldwiesen; seht Ihr den Freithof, lieber Herr? Ja, ich weiß meine letzten Weg zum voraus, wie ich all meine andern weiß, soweit der Mensch ein Erinnern hat."

„So genau?"

„Ah ja, eben weil mir alles so vor Augen liegt von Kind auf. Eins ist freilich spaßig, wenn ich's so überdenk, und fast getrau ich mich dann nit zu sagen, ich wüßt alles so genau. Denn seht, lieber Herr, wenn ich so tagsüber dasitz, kommen aller Art Leute vorbei, jetzt ein kleines übermütig Menscherl, das keine zwei Schritt gehen kann, ohne ein halb Dutzend darauf zu springen, daß dem Schulzeug in dem Zöger* angst und bangt wird, darauf eine flinke Dirn, dann ein brav lustig Weiberl, das mir ein ‚Grüß Gott' zuruft, und wieder ein alt freundlich Mütterl, und wenn ich so denk, all das, eins nach'm andern, bin auch ich gewest, wie ich da neben Euch hock, nit anders – es ist ein Mirakel, Herr! – Du lieber Gott, ich schwätz und schwätz, und Ihr denkt Euch vielleicht schon in der Still: Was will mir denn die alte Plaudertaschen?"

„Das müßt ich in die Haut hinein lügen. Schwätzt zu, Frau Mutter, ich hör Euch gern zu."

„Na, Ihr wißt halt, daß alte Weiber gern schwätzen und es ihnen wie eine Wohltat ist, wenn man ihnen Gehör gibt, und da sagt Ihr so, um mir die Freud nit zu verderben."

„Noch mal, ich müßt's lügen. Ausgerastet hätt ich mich rechtschaffen, gesehen auch, was es zu sehen gibt; gäb's nichts zu hören, säß ich schon nimmer da. Mir ist's recht, wenn Ihr ebensogern plaudert, wie ich zuhör. Sagt mir einmal, wie man Euch nennt."

„Ich heiß Kathrin Haberlechner, als Mädel hab ich Niedtmeier geheißen."

„Nehmt's nicht übel. Die Leute in einem Ort taufen sich gerne untereinander um, so daß kaum einer seinen rechten Namen behält, manchmal geschieht es bloß aus Spaß, mitunter auch – was schlimmer ist – aus Neid und Bosheit, es kommt aber auch vor, daß der Rufname schier der richtige ist. Habt Ihr etwa einen solchen?"

„Nein. – Das heißt wohl, ich möcht ihn aber nit nennen."

„Ist er so unbeschaffen?"

„Das just nit."

In diesem Augenblicke ging ein Mann mit einer Kreunze voll Gras vorüber. „Guten Abend, fromme Kathrin", grüßte er.

„Also ‚fromme Kathrin' heißt man Euch?"

Sie schüttelte etwas ärgerlich den Kopf, während sie den Gruß zurückgab. „Guten Abend, Klaus!"

„Ihr betet wohl fleißig und geht oft in die Kirche?"

„Ah, lieber Herr, müßt nicht denken, es komm daher, es gibt viel Frömmere, ich bet nit mehrer und geh nit öfter in die Kirch als andere; ich weiß nit, wie die Leut auf den Einfall gekommen sind, mich zu heißen, wie Ihr gehört habt."

„Ei, Mutterl, kein Ding ohne Ursach! Vielleicht werd ich es wissen, wenn Ihr mir erzählen wollt, wie Ihr dazu gekommen seid, und daß Ihr's tut, darum bitt ich Euch!"

„Nun, nötigen werd ich mich nit lassen, aber Euch darf es nicht gereuen, wenn Ihr eine Geschichte hört wie viel andere."

Meine Eltern hab ich nur als das gekannt; wie es früher um sie gestanden, davon weiß ich nichts. Das ist wohl manchmal recht gut für die Kinder; freilich könnt man ihnen oft durch eine wahre Aufrichtigkeit ein gut Teil eigener Mühsal ersparen und sie geradeaus und sicherer aufn Lebensweg weisen, als sich das später so von selbst macht, aber das ist einem halt nicht gegeben, man schämt sich, und weiß man gleich nicht warum, man schämt sich und will's nit gelten lassen, daß man auch nichts viel Bravers war als die andern Leut, und will als Vater oder Mutter ganz was Besonders vorstellen.

Meine Mutter war eine tüchtige Wirtschafterin und hat ihre Arbeit getan und dabei wenig Worte verloren, war überhaupt ein stilles Weiberl, der Vater hat sich desto lauter im Haus vernehmen lassen, und beim Spektakelmachen haben wir Kinder, wir waren unser sieben, ihm rechtschaffen geholfen.

Trotz Arbeiten und Sparen war aber kein Gedeihen zu vermerken, denn, lieber Herr, sieben Kinder, die zehren über kurz oder lang ihre Eltern auf, da mag ein Bauerngut oder eine ganze Herrschaft daranhängen. Das ist nit lustig, gar nit, das ist, wie wenn einer sich auf einer Berglehn an einer Stell erhalten möcht, aber immer findt er kein Halt, unter seinen Füßen bröckelt's los, und er mag tun, was er will, er kommt immer tiefer, wie er sich auch stemmt und sperrt; da verlegt sich halt gewöhnlich der Mann aufs Fluchen und das Weib aufs Beten. So war's auch bei uns. Der Vater hat geflucht, das haben ihm die Brüder abgelernt, und die Mutter hat uns Dirndln fleißig zur Kirche mitgenommen.

Nun, von daher schreibt sich wenig Frommheit. Wir sind gern mitgelaufen, in der Kirche war's so schön, hat immer was zu schauen gegeben, Bilder, Lichter, Leut – im Gebethersagen und Singen hat man sich hervortun können und ist belobt worden, alles andere vermag doch ein Kind nit zu bekümmern, das noch keine Not kennt und dem Unterhalt und Spielwerk, Nötigs und Unnötigs wie vom Himmel fallen oder aus der Erd wachsen. Mühsal und Not sind wohl auch nur dem Menschen beigesellt, daß er merkt, zum Gutgeschehnlassen allein ist die Welt nit da und er nit auf ihr.

Ich war das erstgeborene Kind, und nach mir ist meine Schwester, die Ploni, gekommen; wie wir beide mannbare Dirnen gewesen sind, da sind wir noch lieber in die Kirche gegangen. Junge Dirnen sehen gerne nach den Burschen und die nach den Dirnen, das ist halt einmal so eine alte Einrichtung, wird auch nit leicht abzuschaffen sein. Einer hätt mir besonders gefallen, das war der Sohn vom Müller im Ort – die Mühl liegt dort, wo der Bach gegen den Wald einbiegt, die kann man von hier aus nit sehn. Vinzenz hat er geheißen, war ein großer, starker Bursch und sauber, mit seinen braunen Augen unter dem pechschwarzen Haar hat er keck in die Welt geschaut. Ich war nit die einzige, die ihn hätt gut leiden mögen, und da hab ich mir's erste Mal gedacht, wenn das Beten was nütz sein tät, so möcht ich mich wohl aufs Frommsein verlegen und mir den Vinzenz erbeten.

Ob andere auch so töricht waren, weiß ich nit, mag's aber wohl glauben, denn in dem Alter ist jedes auf gleiche Dummheit aus. Ja, Herr, das war ein recht andächtigs Wesen dazumal.

Wenn man immer nach einem schaut, so muß der doch am End einmal einen Blick auffangen. So geschieht es eines Nachmittags nachm Segen, daß der Müllerssohn neben mir und meiner Schwester steht und sagt: „Dirndln, ich geh mit euch!"

„Wenn du nichts versäumst", sagen wir, „kannst ja nebenher gehen."

So ist er nebenher gegangen. Nach dem einen Mal hat er sich uns öfter angeschlossen, immer hat er nur mit mir geredet und die Ploni, wie ein armes Waiserl, an der Seit schleichen lassen; erst hat's mir völlig leid getan, dann aber hab ich mir gedacht: Geschieht ihr recht, was muß sie nah bleiben, paar Schritte hintennach käm sie geradsogut nach Haus.

Dann haben wir uns öfter zu sehen versucht, aufm Feld, auf der Berghald, wo sich's eben hat schicken wollen. Unter Gottes freiem Himmel oder im Walddunkel wären wir aber nicht, wie auf dem Weg aus der Kirche, mitten unter Leuten, sondern mutterseelenallein gewesen, und da hab ich auch nichts dagegen gehabt, wenn sich die Ploni zu uns gefunden hat, und das ist jedmal geschehen.

Ich war zur Zeit ein lustiges Dirndl, wie erlaubt und recht ist, die Ploni aber, das war gar ein Unend, so toll und wild. Oft hab ich sie auf dem Stelldichein-Platzel schon vor mir mit dem Vinzenz getroffen, manchmal, wenn er hat auf sich warten lassen, hat sie sich versteckt, ist dann hervor und hat ihm die Händ vor die Augen gehalten und gefragt, was er gar wohl hat erraten können: wer es ist? Und wenn er gegangen ist, ist sie ihm oft eine Strecke nachgerannt; zu all dem ausgelassenen Wesen hat er aber sauer gesehen und ihr manchmal harte Worte gegeben. Mich hat er dafür einmal übers andere die Ehrbarste geheißen, die er kennt.

Ei ja. Darüber ist ein halb Jahr vergangen. End Oktober war's geworden. An einem Tag, so schön wie einer sein mag, sind wieder wir alle, der Vinzenz, ich und die Ploni, dort am Waldsaum gesessen. Die letzte Zeit über hat der Mutwill die Ploni nit mehr so arg geplagt wie früher, und wenn sie sich auch übermütig gebärdt hat, so war's just, als wollt sie damit sagen: „Ihr müßt nit meinen, ich wär nimmer die alte! – Ich wußt nit warum."

Ich bin auf einem Baumstrunk gesessen, hab das Rökkel klein wenig heraufgezogen, daß ich die farbigen

Zwickel von meinen Strümpfen hab sehen können, und hab mit einem Gertl nach meiner Schuhspitz geschlagen, eben deswegen, weil mich der Vinzenz wieder gar ehrenhaft genannt hat. So sag ich nach der Seite hin, wo er gesessen ist: „Nun, wenn ich dir ehrbar genug bin und auch sonst nit zwider, so könntest doch einmal mit deinen Leuten reden, was die dazu meinen. Mein Herz hängt an dir, das weißt; nun möcht ich dich aber auch so sicher, wie ich dir bin."

Da sagt er darauf: „Ich werd schon reden."

Und die Ploni, die einen Schritt hinter uns, zwischen den beiden Strünken, an einen Baum gelehnt ist, sagt: „Zeit wär's!"

In der Meinung, sie will sich meiner annehmen, schau ich lachend auf und wend mich nach ihr, da ist mir aber das Lachen vergangen, Herr, du mein Gott! Was war das für ein Gesicht!

's ist einmal ein Tierbändiger durchs Ort gereist. Herr, nit anders wie ein wild Tier, das seinen Peiniger zerreißen möcht und doch Furcht vor ihm bezeigt, hat die Ploni den Vinzenz angesehen.

Da ist's mir jäh durch den Kopf geschossen: ‚Du warst blind, zwischen den zweien ist es nit in der Ordnung!' Ich heb mich vom Sitz und faß die beiden ins Aug. Nie zuvor ist mir's aufgefallen, aber da zur Stell hab ich mit Verwunderung zu meiner Schwester geschaut, wie schön die war, wie groß und wohlgewachsen, was sie für dunkles, reiches Haar, für leuchtende Augen, für blanke Zähn gehabt hat. Recht klein und nichtig bin ich mir daneben vorgekommen, aber nur einen Augenblick hat das gedauert, wie eine Wilde bin ich aufgefahren: „Ihr habt mich betrogen!"

Darauf ist der Bursch langsam aufgestanden, sieht erst mich an, dann die Ploni, nach der hin hat er die Augen so zusammengekniffen, daß er nichts Schönes mehr im Gesicht behalten hat; wendet sich, sagt: „Macht das untereinander ab" – und geht.

Da ist die Ploni an der Stell, wo sie gestanden, wie leblos hingefallen. Es war aber früher nie an ihr so ein hinfällig Wesen zu vermerken. Hätt ich's ihr vor einer Minute nur wünschen mögen, daß sie tot hinfiele – wie ich sie hab zusammenbrechen sehen, bin ich ihr schnell beigesprungen. So überkommt's den Menschen, wenn er plötzlich seinesgleichen in Not und Gefahr sieht, daß er alles darüber vergißt, so ist das Herz uns in die Brust gegeben; es verhärten und üble und böse Gedanken hineintragen tun nur wir selbst.

Wie die Ploni ist wieder zu sich gekommen, da war ihr erstes Wort: „Kathrin, du mußt mir ihn lassen!" Auf das hab ich mich von ihrer Seite erhoben, ihr den Rücken gekehrt und bin voran den Weg nach unserm Elternhaus geschritten. Sie ist paar Schritte hinter mir her; und ist sie mir nah gekommen, hat sie gesagt: „Den Vinzenz mußt du mir lassen!" Darauf bin ich immer etwas schneller gegangen, von ihr weg.

Beim Bach sind wir stehngeblieben, haben uns beide das Gesicht gewaschen und mit den Schürzen sorglich abgetrocknet und sind ins Haus getreten.

Ich und meine Schwester sind in einer Stube gelegen, vom Schlafen war keine Red, hab ich mit dem Weinen ein wenig eingehalten, so hab ich sie an der andern Wand können schluchzen hören. Der Mond hat durch die obern Scheiben, die nicht verhangen waren, hereingeleuchtet. Mitternacht hat's gerade vom Turm geschlagen, da steht die Ploni neben meinem Bett, beugt sich über mich herab.

„Kathrin, hörst?"

Ich rück ungeduldig.

Da neigt sie sich herab zu meinem Ohr und sagt leis:

„Um aller Heiligen willen, laß mir ihn. Es geht bei mir ins zweite Monat –“

Da ist mir ein kalter Schauer über den Leib gefahren, ich hab die Decke über mich gezogen und bin ein Stück nach der Wand zu gerückt. Sie ist nach ihrem Bett zurückgegangen.

Den nächsten Tag sind wir Schwestern uns ausgewichen, die Ploni hat sich die Augen nicht gegen mich aufzuschlagen getraut. Gegen Abend kommt uns ein Nachbar in die Stube gestolpert, einer von jenen, die gern Neuigkeiten austragen. „Wißt Ihr's schon“, sagt der, „der Müller verheirat nächsten Fasching seinen Vinzenz mit der Wirtstochter.“

„Was du sagst“, meint die Mutter.

„So“, sagt der Vater und klopft sich die Pfeife an der Tischkante aus.

In der Küche aber wär die Ploni fast so zusammengebrochen wie gestern im Wald, hätt sie sich nit rasch an dem Küchenschrank erhalten.

Ich bin aber hinausgestrichen wie eine böse Katz, an ihr vorbei, die dagestanden ist, weiß wie die Wand und in einem Herzkrampf, daß sie einem nit um die Welt ein gut oder übel Wort hätt zurückgeben können, und hab gesagt: „Siehst, er mag dich nit einmal!“

Herr, wenn ich bedenk, wie boshaft der Mensch zu sein vermag, da geht's mir nit ein, wie er sich beklagen kann, irgendeine Heimsuchung, die ihm der Himmel schickt, wär zu hart. Es ist immer viel Nachgesehenes dabei; wenn jedem geschäh, wie er's eigentlich verdient, da wär schwer zu bestehn. Was hätt mir gebührt nach dem, wie ich damal gegen das hilf- und ratlose, gott- und weltverlassene Geschöpf getan hab, das noch obendrein meine leibliche Schwester war?

Aber nit denken, daß mir das in dem Augenblick eingefallen wär! Ich war ja so viel ehrbar. Der Vinzenz war ein Lump, der in Unehren Umgang mit meiner Schwester gesucht hat, die Ploni war ein leichtfertigs Ding, das sich's hat gfallen lassen, ich aber nur der betrogene, schuldlose Vorwand, damit sich die beiden leichter zusammenfinden. Die mögen mich oft hinterrücks brav ausgelacht haben, nun kommt's ihnen heim, ich vergönn's ihnen.

Morgens darauf bin ich zur Kirche und hab angehoben so schön zu beten, wie nur ein Pharisäer beten kann, wovon in der Schrift die Red ist. – Gott, ich dank dir, daß ich nit bin wie die beiden! Und auch dafür sei bedankt, daß du so streng und gerecht bist und es den Betrügern so eintränkst, wie sie es um mich verdient haben! – Mitten darunter, wie ich das in verbitterter Schadenfreud und gehässiger Freudigkeit herplapper, fällt mein Blick auf das Muttergottesbild am Hochaltar, ich seh das Kinderl auf ihrem Arm, wie es so zum Segen die drei winzigen Finger hebt, da ist mir das Amen in der Kehle steckengeblieben und das Kreuzschlagen vergangen.

Lieber Gott, denk ich, die Schwester! Da soll so ein armer Wurm auf die Welt, um den sich niemand annimmt, die Schand seiner Mutter und eine Überlast in unserm Haus und der allerschuldloseste Teil. Das kann doch nit eines als Straf treffen, worunter ein zweites schuldlos zumeist leiden müßt!

Freilich hätt es nit so kommen müssen, die Schwester hätt sich fürsehn sollen. Denn wenn Gott dem Menschen Verstand gegeben hat, so hat er ihn doch zu was.

Da ist mir aber eingefallen, daß nit alle Menschen einerlei Temperament haben, wie denn meine Schwester von je anders geartet war als ich, und daß in der Schrift steht, wie der Geist oft willig wär, das Fleisch aber schwach.

Und da hab ich denn auch alles verstanden, wie es zugegangen ist. Zu Anfang hat es der Bursch wohl ehrlich gemeint und hat zu mir halten wollen, aber meiner Schwester hat er ebenso gefallen, und sie hat es ihm in ihrer heißblütigen Art gar unbedacht merken lassen; da war für ihn billig handelseins zu werden, da ist er gestrauchelt, und hat eins das andere mitgerissen, wie zwei Trunkene, wo sich keiner auf sich verlassen kann und jeder auf den andern verläßt. Da wollten mich schier beide erbarmen, und gefragt hab ich mich, ob ich so stark gewesen wär, daß, wenn der Bursch seinen Willen gegen den meinen gesetzt hätte, er's nit hätt gewinnen mögen, und ich hab mir zutiefst ehrlich bekannt, ich könnt es nit sagen, ob ich nicht gleich meiner Schwester die Ehr verspielt hätte.

Da hab ich meine Hände aufgehoben und hab zu Gott gebetet: daß er alles wohl machen möcht zwischen denen beiden, daß er mir vergeben möge, daß ich bald einen Stein gegen sie hätt gehoben, und hab ihm aus tiefster Seel gedankt, daß mir die Versuchung vorübergegangen ist – und dasmal hab ich herzhaft Amen sagen können.

Aber länger als sonst hab ich mich darüber in der Kirche verhalten, und wie ich heimkomm, fragt die Mutter: „Wo warst denn so lange?“ Mich hat ein entschlossen Wesen überkommen, und mit leuchtenden Augen sag ich: „Die alte Kathrin hab ich in der Kirche umgetauscht, und eine Fürbitterin bring ich von daher mit.“

„Was schwätzt da?“

„Hör mir zu.“ So hab ich die Mutter neben mich auf die Ofenbank gezogen und ihr alles gesagt, auch nit verschwiegen, wie ich in der Kirche darüber hab denken gelernt. Die Mutter hat sich anfangs wie närrisch gebärdt, je weiter ich aber red, je stiller ist sie geworden, dann hat sie zum Weinen angehoben, und ich hab müssen die Ploni hereinholen; die hat es der Mutter angemerkt, die weiß, wie es um die Sache steht, aufgeschrien hat sie, daß es einem ins Herz gegriffen hat, und ist ihr um den Hals gefallen. Die Mutter hat sie um den Hals genommen, hat gemurmelt, als möcht sie sie schelten, hat aber kein Wort hervorgebracht, und 's ist ihr der Kopf auf der Ploni ihre Achsel gesunken; die hat es am ganzen Körper geschüttelt, kaum vermochte sie es, „Mutter" herauszustöhnen, dann haben sich die beiden hart in den Armen aneinandergepreßt, und ich hab leis die Tür hinter mir zugezogen und sie allein gelassen.

Wie lang es mag gedauert haben, ich weiß es nit, darauf ist die Ploni wieder herausgetreten und hat zu mir gesagt: „Vergelt dir's Gott! Jetzt ist mir leichter, ich hab die Tag her gemeint, ich müßt ersticken. Die Mutter will es heut zur Nacht dem Vater sagen, sie meint, er soll es auch wissen, darauf tu ich mich aber fürchten."

„Fürcht dich nit", sag ich, „ich bin bei dir."

Nacht ist's geworden, wir sind in unserer Stube gelegen, das Licht haben wir brennen lassen, die Ploni hat gefiebert, auch ich bin in großer Angst gelegen, und wir haben nach jedem Laut in der stillen Nacht, nach jedem Geräusch im schlafenden Haus gehorcht.

Da wird unten die Stubentür aufgerissen, der Vater flucht, die Mutter bittet und weint, dann kommt's die Stiege hinan, als stürmte eins vorauf und hinterher versucht es ein anderes zurückzuhalten, die Tür wird aufgerissen, der Vater steht da, eine blanke Holzhaueraxt in der Rechten, paar Stufen unter ihm lehnt die Mutter zitternd an der Mauer, die Füß haben sie nimmer weiter getragen.

„Wo ist das Schandmensch?" schreit er und stürzt auf die Ploni zu, die auf einmal so ruhig aufrecht neben ihrem Bett gestanden ist, als ging sie die Sache nichts an. Da schwingt die Axt in der Luft, ich stürz dazwischen, und der Schlag, der ihr vermeint war, trifft mich.

Wie mich der Vater hat auf dem Boden ausgestreckt liegen gesehen, da ist er wieder zur Besinnung gekommen, aber hinab nach der Stube war er nimmer zu bringen, die Mutter hat die Ploni mit sich genommen, und er ist neben meinem Bette sitzengeblieben, heißt, nachdem sie mich säuberlich hineingelegt hatten.

Es war ein wunderlicher Mann, der Vater, nie hat er sonst einem von uns Kindern ein gut Wort gegeben, nachträglich nur hat mir die Mutter erzählt, sie wär in derselben Nacht manchmal zur Kammertür heraufgeschlichen, und da hätt sie den Vater mit mir reden gehört. Alles Gute und Schöne hätt er mich geheißen. Mich gefragt, was er um meinetwillen beginnen soll: „Willst, daß ich der Ploni verzeih? Es soll ihr verziehen sein. Nur verstirb uns nicht, trag uns keinen Schaden davon, werd gesund“ – und so hätt er geschwätzt bis zum frühen Morgen. Nun, ich hätt niemals ein Sterbenswörtlein von all den vielen erfahren, die er damal geredt hat, wär die Mutter nit, aber er ist nit von meinem Bett gewichen, und das erste, was ich gesehen oder eigentlich verspürt hab, wie ich wieder zu mir gekommen bin, das war er. Es war hell am Mittag, wie ich mich so halb und halb besinn; da kitzelt mich was an der Nase, und wie ich mich rühr, fährt’s an der Wange hinunter, ich hab mir nit denken können, was das sein mag, und sag: „Du Sappermentsvieh!“ Da aber hebt sich langsam neben mir aus dem Polster erst die Zipfelmütze, von der die Quaste mir vorhin über die Wange gestrichen ist, und dann darunter das verschlafene Gesicht von meinem Vater, der mich ganz bekümmert anschaut. Er war über dem langen Wachen eingenickt.

Da hab ich schmunzeln müssen und hab ihm die Hand hingehalten, die hat er eine Weil in der seinen gehalten, und dann hat er s’ sorgsam auf die Bettdecke zurückgelegt, als fürchtet er sich, er könnt s' brechen. Und wie ich darüber wieder lach, steht er am Bettend. „Kathi", hat er gelacht, „mein eisern Dirndl!" Dabei langt er mit beiden Händen hinunter nach der Bettdecke und drückt mir die Fußspitzen darunter.

War's auch eine Weile, lang hab ich's im Bett nit ausgehalten, und wie ich wieder unter die Leut hab gehen können, da war vieles anders geworden. In einem so kleinen Ort, wo eins auf dem andern sitzt, können solche Vorgäng, wie in unserm Haus, nit verschwiegen bleiben. Wie die Wirtstochter gehört hat, was sich mit meiner Schwester zugetragen, da ist ihr der Vinzenz nimmer zu Gesicht gestanden. Der Pfarrer hat dem alten Müller zugeredet, und der hat zwar gar nit eilig getan, aber wie ich wieder auf den Beinen war, da hat er gesagt, es wär alles in Ordnung, wenn ich nur auf die Mitgift verzichten tät, die mir vermeint ist, und sie zu der der Ploni schlagen ließ. Damit meiner Schwester Kind einen ehrlichen Namen mit auf die Welt bringt, hab ich es so geschehen lassen, war eine der Andächtigsten in der Kirche bei der stillen Trauung meiner Schwester und eine der Lustigsten beim Hochzeitsschmaus in der Mühl, und seither war ich nimmer die Haberlechner-Kathi, sondern die fromme Kathrin.

Nun, da hab ich mir gedacht, jetzt hast du deinen Namen, jetzt mußt du auch ihm zu Gefallen leben. Im Ort haben wir einen Knecht gehabt, der hat paarmal aus Spaß, weil er früher wach war, eh der Hahn gekräht hat, dem Vieh sein Geschrei nachgespottet, auf einmal haben sie ihn den „Kikeriki-Veitl" geheißen; zuletzt hat er geglaubt, er kann in keine Stube mehr eingehen, ohne daß er, statt zu grüßen, „kikeriki" schreit. Ja, das macht so ein Name. Nun, und so hab ich's mir halt auch angelegen sein lassen, mich allweil hübsch mit unserm lieben Herrgott abzufinden, damit ich nichts Unfrommes sag oder begeh.

Und das ist nit so schwer, als sich etwa eins vorstellt. Seht, Ihr braucht nur keine Hoffart zu bezeigen, keine Schlechtigkeit zu begehen und keiner Feindschaft zu entgegnen. Ja, lieber Herr, das ist dem Menschen fürs Inwendige gut. All die Mühsal und Not, die ihn von außen bedrängen kann, ist freilich auf der Welt unter Fromme und Unfromme so ziemlich gleich verteilt und kriegt oft der Fromme gar den mehreren Teil, aber, Herr, ich entsinn mich noch immer, wie die Fuhrleut die Straße durch unsern Ort gefahren sind, zur Zeit, da ich noch ein klein Menscherl war; allmächtig große Kisten und Ballen haben oft umgeladen werden müssen, da sind aus Jux die stärksten Bursche hinzugetreten und haben zu helfen versucht, nicht ihrer drei oder vier waren imstande, so ein Lastgut von der Stell zu rücken, aber der Fuhrknecht, einer allein, hat es zu wenden und zu stürzen vermocht. Nun seht, die Last ist nit geringer geworden, aber wer den Vorteil hat, überwindt sie leichter.

Ich hab rechtschaffen meinen Teil getragen. Auf meiner Mitgift hat kein Segen geruht, die auf der Mühl haben nicht gut zusammen gewirtschaftet. Aber ich hab auch ohne Mitgift einen braven Mann bekommen, und recht liebe Kinder haben wir gehabt, die haben wir erst eins um das andere verloren, dann ist mein Lorenz gestorben; Testament hat er keins hinterlassen, wer hätt's auch gedacht, daß eins nötig wär. Da sind die Gerichtsleute gekommen, haben gesagt, ein Weib erbt nicht nach dem Manne, die Verwandten haben mich aus der Hütte getrieben, und seitdem sitz ich da heroben im „Arme-Leut-Haus".

Nun seht, mein Leben war wohl zwei Dritteil Kümmernis und Mühsal, und es hätt sich eins wohl darüber mit dem lieben Herrgott zertragen mögen, aber wenn ich mich fragen möcht, hier heroben auf der Höh vorm „Arme-Leut-Haus", ob ich lieber nit hätt erleben mögen, was ich erlebt hab? Ich möcht ihm sagen: „Oh, lieber Herrgott, mir ist's ja recht, was ich erlebt hab!"

Wir sind ja wie Kinder gegen ihn, und so ist es recht, daß das Leben nit mehr als ein Spiel ist, in dem wir vom Ernst und Spaß lernen, mag ja sein, daß wir, einmal groß gewachsen, es besser verstehen!

„Und wenn das nicht der Fall wär, fromme Kathrin", sagte ich.

„Wie meint Ihr's?" fragte sie.

„Wenn wir eben mit diesem Leben ganz und gar fertig wären."

„I nun", sagte sie und sah mir ernst ins Gesicht, „es könnt ja wohl sein, der liebe Gott wird besser wissen, was uns taugt."

„Wenn der nun selbst nicht wär?"

„Ei geht“, sie sah lächelnd auf, „wie Ihr nur reden mögt! Er würd nicht sein – ist ja doch die Welt! Und mag ihn einer auch nit glauben, er kann wohl sich selbst, aber nit ihm zuwider leben.“

„Und wie denkt Ihr von allen, die anders glauben?“

„Mein lieber Herr“, sagte sie und stemmte den Krückstock gegen den Boden, „fromm können wir alle sein, die Frommheit kommt jedem selber zugute, unserm Herrgott kann es doch gleich sein, ob unsereins ihn glaubt oder nicht, ich denk, auch der Ungläubigste kann fromm sein, wenn er friedsam ist, denn friedsam nennt man ja auch fromm!“

Ich erhob mich.

„Was sagt Ihr, Herr?“

„Ich? Nichts! Doch ja, ich wünschte, alle Frommen wären wie Ihr. Lebt wohl, fromme Kathrin!“

Der gottüberlegene Jakob

Die Frühmesse war vorüber, die Leute drängten aus der Kirche, verloren sich auf verschiedenen Wegen nach ihren Gehöften oder verhielten sich wohl auch plaudernd, in Gruppen, auf dem großen Platz. Im Gotteshause blieben nur diejenigen zurück, die ein besonderes Anliegen auf dem Herzen hatten.

In der letzten Kirchenbank saß, in eine Ecke gedrückt, ein gar schmächtiges Bäuerlein; der große Hut, der neben ihm auf dem Sitzbrett lag, sah danach aus, als könne er sich über das ganze Männchen stülpen, daß nichts hervorsähe als die Schuhspitzen. Durch eine Rosette aus farbigen Gläsern, oberhalb eines Seitenaltars, fiel ein Lichtstreifen quer in das Schiff der Kirche und machte die Weste des Beters in brennendem Rot aufleuchten; ein paar tiefe Falten durchfurchten sie, wie sie so schlotterig über seiner eingesunkenen Brust herabhing, und von den kugeligen, bleiernen Knöpfen fehlte einer; bleierne mußten 's freilich sein, denn silberne auf einer „Arme-Leut-Weste" haften nur an Spinnweben.

Jakob Wiesner hieß der Mann im Betstuhle. Er zeigte ein schmales, demütiges Gesichtchen, die Lider und Ränder der kleinen, beweglichen grauen Augen waren gerötet und sahen wie verschwollen aus. Die Stirn war spitz, und darüber hing ein dichter Schopf, der einer verkümmerten Locke glich; was sonst an Haaren gedieh, war vom Hinterhaupte nach vorn gebürstet, aber es waren ihrer nicht so viele, um den kahlen Wirbel verdecken zu können. Zwischen den Fingern hielt der Wiesner-Jakob einen

Rosenkranz, und sooft er mit einem Vaterunser zu Ende kam, wo andere Christen beten: „Führe uns nicht in Versuchung, sondern erlöse uns von dem Übel", murmelte er regelmäßig: „Führe uns nicht in Versuchung, sondern mach mir meine kranke Kuh wieder gesund. Amen!"

Eine kranke Kuh ist eben auch ein Übel.

Vor der Kirche aber, inmitten der größten Gruppe, zu der sich Landleute von nah und fern versammelt hatten, da sprach nur einer; man hörte ihm andächtig zu, ließ sich abfragen, was er wissen wollte, und gab ihm aus Respekt nur kurze Reden, denn es war der reiche Fehringer. Ja, der kann leicht wohlgemut außer der Kirche stehen, der hat keine kranke Kuh daheim, sondern etwa fünfzig gesunde im Stall, und würde ihm auch eine krank, deswegen bemüht er unsern Herrgott gar nicht, sondern schickt zum Kurschmied, und soll sie ihm trotzdem verenden, so schreckt ihn auch der Wasenmeister nicht, wenn er ihm ins Haus kommt.

Ja, der Fehringer ist der Reichste, und dafür gibt er sich auch. Was alle Welt von einem weiß, das bleibt ihm selber doch nicht verborgen, und es steht jedem wohl an, wenn er weiß, wer er ist. Er war aber auch leutselig, der reiche Fehringer. Wenn er seinen Spaß hatte mit jemand, den er gut leiden mochte, so stieß er den mit der lockeren Faust in die Seite und klatschte sich dann mit der flachen Hand auf den eigenen Wanst. „So sag ich. Nun lacht!" Da lachte er, und die andern lachten mit.

Das Rosenkranzgebet ist eine fromme Übung, wobei man ein gut Stück Zeit dem lieben Himmel opfert, vorausgesetzt, daß man überhaupt sonst etwas zu verrichten hat, aber über Schwätzen und Aufhorchen, Abfragen und Zutragen, Anbieten und Abhandeln kann man sich wohl ebensolange verhalten; so geschah es, daß der Wiesner Jakob seinen Rosenkranz abgebetet hatte und über den

Platz daherkam, als der Fehringer just auf sein Wägelchen steigen wollte. Wie der reiche Bauer des Alten ansichtig wurde, blieb er mit dem einen Fuß auf der Erde, mit dem andern stand er schon auf der Radnabe, um sich auf den Kutschbock zu schwingen.

„Na, Stiegelsteiger", sagte er, „was ist's? Werden wir nie handelseinig werden? Was macht die braune Liesl?"

Es war die einzige Kuh Wiesners.

„Dank der Nachfrag, uns allzusamm geht's gut!"

„Ist recht. Aber die Liesl mußt mir doch noch einmal verkaufen. Die ist ganz braun und hat einen weißen Stern auf der Stirn, akkurat so hab ich eine schwarze daheim, da mit dem weißen Tupfen" – er wies dabei die Stelle an seiner eigenen Stirne, und zwar mit so anschaulicher, dazwischendeutender Gebärde, als respektiere er auch da Hörner zu beiden Seiten –, „die zwei möcht ich nebeneinander sehen. Überleg's. Was ich schon einmal ausgesprochen hab, leg ich dir bar auf die Hand, sobald die Kuh in meinem Stall steht. Magst sie heut oder morgen oder ein andermal hinführen, das gilt mir gleich!"

Er schlug an seinen Geldgurt. Der Wiesner-Jakob lachte einfältig, wie eben ein Bauer, wenn er nicht ja oder nein sagen will, und wie er noch immer getan, wenn zwischen ihm und Fehringer die Rede auf die bewußte Kuh kam, und das geschah, sooft die beiden zusammentrafen; denn auch der Fehringer, als Bauer, meinte manches nicht oft genug sagen zu können, und geschäh es auch mit den nämlichen Worten. Er stand abwartend: „Nun was?" fragte er.

Der Wiesner fuhr sich mit den dürren Fingern unter den Hut, kraute sich seinen Haarschopf und sagte langsam: „Es möcht schon wohl einmal sein können!"

„Ist auch recht." Der Fehringer stieg auf und fuhr davon.

Eine Zeitlang starrte Wiesner dem Wägelchen nach, dann ging er seines Weges. Er schüttelte öfter den Kopf oder nickte vor sich hin. Es fiel ihm schwer auf das Herz, daß er den Handel mit Fehringer nicht beizeiten eingegangen war, aber bisher tat er sich nicht wenig darauf zugute, daß er dem reichen Fehringer etwas weigern konnte; doch jetzt liegt die Liesl krank, und wenn sie gar umsteht*, so ist es der sträflichste Leichtsinn gewesen, sie nicht früher verkauft zu haben. Darum hat er gegenüber dem Fehringer so „rechtschaffen" gelogen, daß es allen gut gehe, um sich ein schadenfrohes Wort oder eine verweisende Lehre zu ersparen.

An zwei Stunden war er gegangen, da änderte sich plötzlich die Gegend; bis dahin lagen, so weit man sehen konnte, Felder an Felder und Wiesen an Wiesen, so gerade und eben wie die Straße, die sich durch sie hindurchschlängelte, nur in der Ferne blauten hohe Berge; nun begann sich Hügel an Hügel aufzubauen, und der Weg wand sich hinauf und hinab. Wieder lag Feld an Feld und Wiese an Wiese, aber jedes Feld und jede Wiese war von einem lebenden Zaun umgeben, schmale Fußsteige durchschnitten sie der Quere nach, und wo ein Acker abschloß, stieß man immer auf etliche Stufen, die man entweder hinan oder hinab zu steigen hatte, um auf den benachbarten zu gelangen, je nachdem der höher oder tiefer lag; selbst bei den Grundstücken, die an der Straße lagen, fehlten die Stufen nicht. Auf diesen Fußsteigen hatte man oft stundenlang nach einem Gehöfte zu gehen, und es ist kaum zu berechnen, welche Höhen und Tiefen einer dabei stufenweise durchmaß. Darum hießen die hier Ansässigen „Stiegelsteiger“ – wie der Fehringer den Wiesner angerufen hatte – oder auch „Treppelhupfer“.

Es war hoch am Mittag geworden, als der Wiesner das Grundstück erreichte, das vor seinem Anwesen lag, die vorletzten Stufen hinankeuchte und die allerletzten hinabstolperte. Es war eine gar ärmliche Hütte, auf welche er zuschritt, sie hatte bloß zwei kleine Fenster, dafür aber drei Türen; die eine neben den beiden Fenstern lag nach dem Wege zu und führte in die Küche, gradüber, am Herd vorbei, gelangte man durch die andere in den Hof, die dritte öffnete sich linker Hand nach der Stube, in der hatte der Bauer nichts zu suchen, er trat in den Hofraum.

Da stand die Vroni, seine Tochter; sie zählte erst fünfzehn Jahre, aber man konnte sie leicht für zwanzig halten. Sie war gar nicht sonntäglich gekleidet, denn sie hatte nichts am Leibe als das Hemd und einen bunten Rock; sie wiegte sich in den breiten Hüften und schlenkerte den derben, runden Arm gegen die Hühner, denen sie ein paar Brotkrumen vorwarf. „Grüß Gott, Vater“, sagte sie.

Wiesner nickte. Er kam an dem Hofhund vorüber, der an ihm hinanspringen wollte, von dem nahm er gar keine Notiz und ging nach dem Stall.

Bei seinem Herankommen trat sein Weib unter die Türe. „Grüß dich Gott, Jakob!“

„Grüß Gott“, sagte er und sah sie fragend an.

Sie hob die Schürze nach den Augen und sagte: „Es wird nur allweil schlimmer!“

Der Bauer trat in den Stall, da lag die braune Liesl auf der Streu, stöhnte und sah mit den großen Augen gar beweglich zu ihm auf.

„Jesus, Maria!“ Er schlug die Hände ratlos ineinander. „Und ich hab doch einen ganzen Rosenkranz gebetet!“

Sie gingen nach der Stube. Das Essen ward aufgetragen, das Tischgebet gesprochen, aber „es war heut alles zu viel gekocht worden“, die beiden Alten nahmen geringe Bissen und taten dazwischen schwermächtige Seufzer, nur die Vroni hielt es damit umgekehrt, denn sie wollte – wie sie sagte – nichts verderben lassen.

Gleich nach der Danksagung ging der Wiesner hinaus und sah wieder im Stalle nach. Der Rosenkranz hatte nicht gewirkt. Er trat in den Hof zurück und hob die Augen zum Himmel, als sähe er ihn darauf an, wie er es wohl mit ihm meine!

In der Tat, es hatten sich rings Wolken heraufgezogen, und es sah da oben ganz grau und recht verdrießlich aus. Ob nun das mithalf oder nicht, den Bauer kleinmütig zu machen, wer weiß es? Gewiß ist, daß er sich den hellen Schweiß von der Stirne wischte und murmelte: „Mir scheint, der Herrgott will mir dem Vieh nichts zuliebe tun!“ Er ging langsam nach dem Werkzeugschuppen, setzte sich dort auf die Schnitzbank und begann Späne zu spalten, eine Arbeit, die man sonst für den Winter aufspart und die er wohl nur vornahm, um sich da im „Stadel“ ungestört allein aufhalten zu können.

Nun brannte er seine Pfeife an, damit er auf Gedanken komme.

„Unser lieber Herrgott muß noch herumzukriegen sein, sonst ist's gefehlt. – Aber die lieben Heiligen sind ja extra zum Fürbitten da. – Die wird er doch nit aus leidigem Eigensinn um eine wohlverdiente Ehr bringen? – Ganz gottunmöglich! – Und dadrauf mögen sie sich wohl berufen, wenn ihnen einer nit mit leeren Händen kommt –“

Er sah auf seine beiden eigenen, die waren allerdings nicht leer, in der Rechten war ein Schnitzmesser und in der Linken ein Span, das eine wie den anderen legte er vor sich auf die Bank, die Pfeife, die ausgeraucht war, dazu und saß stille und nachdenklich, sehr nachdenklich.

Etwa eine halbe Stunde mochte darüber vergangen sein, da spitzte er seine Lippen und begann leise einen Ländler zu pfeifen.

Ein klägliches Gebrüll unterbrach ihn.

„Heilige Mutter Anna! Da gilt es Eil und ist keine Zeit zu verlieren!“ Er hastete von der Bank empor und lief zum Stall. Das Tier wand sich vor Schmerzen, er klopfte ihm begütigend den breiten Nacken und sagte: „Laß's gut sein, Liesl, laß's gut sein, es soll schon alles noch recht werden!“

Damit ging er zum Hause hinaus und ließ Weib und Kind und Kuh in einer Bedrängnis zurück, die hellauf zum Verzweifeln war; Mutter und Tochter waren vollkommen überzeugt, daß die Liesl dieses Gefühl teilte, denn sie war ja auch ein „Weiberhaftes“.

Vorläufig ging der Wiesner allerdings nicht weit. Er

entsann sich, daß eine kurze Wegstrecke ober seiner Hütte eine kleine Kapelle stand, dort wollte er fürs erste seinen Namenspatron anrufen.

Drei Mauern und ein spitzes Dach darüber bildeten eigentlich nur eine geräumigere Nische, in welcher die Statue des Heiligen und ein Betschemel Platz fanden. Es stand da das Bildnis des heiligen Peregrinus, der gegen Fußübel gut anzurufen ist, und es war ihm auch – wie aus einer Inschrift hervorging – von einem wohlhabenden Bauern aus der Gegend, dem er wieder auf die kranken Beine half, „dieß Ort zu einer schuldigen Danksagung errichtet worden".

In der Hauptsache war dem Wiesner um so ein „andächtiges Platzerl" und um den Betschemel zu tun; daß er dabei einen fremden Heiligen traf, an den er kein Gebet zu richten beabsichtigte, das war nebensächlich. Er kniete also hin, machte das Kreuz, faltete die Hände, und da er es nicht mit dem heiligen Peregrinus hatte, so blickte er auch nicht zu ihm auf, sondern sah zur Seite, während er betete:

„O heiliger Jakobus, du mein allerliebster Namenspatron, ich bet dir jetzt ein Vaterunser, daß du dich meiner armen Kuh annehmen möchtst und die wieder gesund wird. Das tät ich dich auf das allerinständigste recht schön bitten, und wenn ich die Kuh behalt, so will ich dir schon auch deine Fürsprach gedenken!"

Wenn Heilige sich auf die Mienen der Andächtigen verstehen, so lag etwas in Wiesners verheißungsreich zwinkernden Augen, das den heiligen Jakobus wohl berechtigte, eine schöne Wachskerze zu erwarten, welche ihm zu Ehr am Hochaltare brennen würde.

Wiesner betete vorläufig das erst versprochene Vaterunser, und als er damit zu Ende kam und nach dem Steinbilde vor ihm aufblickte, sagte er: „Schau, weil du gerad da bist, könntest wohl auch gleich mit fürsprechen helfen. O lieber heiliger Peregrinus! Ich bet dir jetzt ein Vaterunser, daß du dich meiner armen Kuh annehmen möchtst und die wieder gesund wird. Das tät ich dich auf das allerinständigste recht schön bitten, und wenn die Kuh mein bleibt, so will ich dir schon auch deine Fürsprach gedenken!" Ließ darauf gleich das andere Vaterunser folgen, erhob sich und ging langsam den Weg, den er gekommen, zurück.

Daheim konnte er gleich merken, daß er die Sache an dem rechten Ende angefaßt habe, denn er fand sein Weib und seine Dirn beruhigter neben der braunen Liesl stehen, die still auf der Streu lag und keinen Schmerz äußerte.

An der Innenseite der Stalltür war ein kleines Bild aufgeklebt, aber der Dunst hatte das Papier gebräunt, den Druck und die bunten Farben bis zur Unkenntlichkeit verschmiert; das fiel jetzt dem Wiesner in die Augen, und er wußte wohl, daß es den heiligen Leonhard vorstelle, welcher den Gefangenen in ihren Leiden beisteht und gegen böse Seuche hilft. Die aber scheint der Landmann weniger für sich und seine Angehörigen als für seine Nutztiere zu fürchten, denn ausschließlich diese hat er der Sorge des genannten Heiligen unterstellt und ihn, unter großmütigem Verzicht auf anderweitige Hilfeleistung, zum „Viehpatron" erkoren.

„Teufele h'nein", dachte Wiesner, „auf ein Haar hätt ich den vergessen, wo ich 'n doch in der nächsten Näh hab! Na, das wär schön verfehlt, wenn ich den verabsäumen möcht, der sich schon schandenhalber da drum annehmen muß und dem in derlei Sachen die Fürbitt gewiß handsamer ist wie jedem andern!"

Er machte den Verstoß sofort wieder gut, bekreuzte sich und brachte sein Ansuchen vor, jedoch mit keinem

Worte mehr oder weniger, als er vorhin dazu gebraucht hatte. Dann wandte er sich an seine Weibsleute und sagte: „Ich geh jetzt in den Segen und bleib hernach gleich in der Maiandacht; braucht mit dem Nachtessen nicht auf mich zu warten."

Die Bäuerin schüttelte den Kopf. „O mein, ich denk doch, du solltest lieber uns zwei gehen lassen, weil wir heute noch keine Kirche gesehen haben."

„Mir taugt es aber nit. In solcher Trübnis ist es immer besser, es verlegt sich ein einziges rechtschaffen auf das Beten, als es betreiben's ihrer mehr der Kreuz und Quer nach, wo das eine so sagt und das andere anders, daß der liebe Himmel irr und wirr wird und nimmer weiß, was für ein Gebitt und Gelöbnis eigentlich gelten soll."

Damit machte er sich auf den weiten Weg nach der Pfarrkirche, ebenderselben, in welcher er heute früh am Morgen schon gewesen war.

Die Pausen zwischen den Gesängen und laut hergesagten Gebeten benützte er, um im stillen für seine Privatangelegenheit himmlische Gönner zu werben; zuvörderst wandte er sich an die Gottesmutter, der zu Ehren eben die Maiandacht stattfand, dann nahm er einen der Heiligen nach dem andern vor, soviel ihrer eben in der Kirche vorfindlich waren zu beiden Seiten des Hochaltars, der zwei Nebenaltäre oder in einsamer Mauernische, inmitten des Schiffes. Jedem sagte er seinen Spruch auf, jedem nickte er verheißungsvoll zu: „... wenn ich die Kuh behalte – wenn die Kuh mein bleibt – so will ich dir schon auch deine Fürsprach gedenken!"

Der Mond stand schon hoch am Himmel, als er wieder vor seiner Hütte anlangte. Er trat erst in den Hof und legte sein Ohr an die Stalltüre; er vernahm nur ein leichtes Schnauben über den Blättern der Streu, die braune Liesl lag also und schlief. Nun trat er in die Stube und sah nach den Seinen, er fand auch die liegen und schlafen und schickte sich bald selbst zur Ruhe an.

Als er die Bettdecke über sich zog, da lag er und spitzte den Mund, daß sein Gesicht den Ausdruck einer kindlichen Zufriedenheit gewann, und sagte leise: „Nun hätt ich einen ganzen Schwarm Fürbitter beieinander!" Im Schlaf aber überkam ihn ein gar prächtiges Traumgesicht.

Im lieben Himmelreiche oben war's, da saß an einer mächtig langen Tafel der Herrgott mit allen seinen Heiligen, um nach vollbrachtem Tagwerk vertraulich eins zu plaudern. Es war eine Tafel – es gibt nichts so Langes in der Welt, um es damit zu vergleichen –, und doch verstanden sich die Heiligen ganz gut, selbst von dem einen untern Ende nach dem andern. Er erinnerte den Wiesner, daß er vor Jahren ein Geschwisterkind im Tirolerlande heimgesucht und wie dort von den hohen Bergen bei klarer Luft jeder Schrei weit durchs Land gehallt; nun war aber der Himmel wohl höher als alle Tirolerberge und hatte noch klarere Luft, so brauchte es da kein Schreien und ließ sich mit ruhiger Rede richten, was auch den Heiligen besser zu Gesicht stand.

Fürs erste hörte der Wiesner „unverlautbare Dinge in ganz unsagbaren Worten und unerdenklichen Gedanken", aber nachdem sie sich ausgesprochen hatten, saßen die Heiligen eine kleine Weile wie verlegen, dann begann einer eine Fürsprache vorzubringen, um die er angegangen worden war.

Der aber war kaum zu Ende, da erhob sich Sankt Jakobus und Sankt Peregrinus und Sankt Leonhardus und so einer nach dem andern, alle der Reihe nach, wie sie angerufen worden waren, und legten ihr Wort ein für Wiesners kranke Kuh. Es wollte kein Ende nehmen. Da hielt sich der Herrgott die Ohren zu und rief: O ihr heiligen

Himmelherrgottssackermenter! Wollt ihr wohl aufhören? Es ist gut. Soll sie in Gottes Namen wieder gesund werden, die Liesl; hab sie ja doch auch geschaffen!

In der Freude darüber wachte Wiesner auf. Es begann eben zu grauen. Er kleidete sich an und trat in den Hof. Dort bückte er sich nach einem Grashalm, das obere Endchen wischte aus der Hülse und blieb ihm in der Hand. Es gilt für reinlich, so einen Halm durch die abgeschraubte Pfeifenspitze zu ziehen, und dazu ist er gut. Aber das hat Zeit, vorerst heißt es im Stalle nachsehen.

Das Tier lag ruhig, es hob bedächtig den Nacken und blickte den Eintretenden gleichmütig an. Er bückte sich nach der braunen Liesl, sie haschte mit dem Maule den Halm, den er zwischen den Fingern hielt, und als er spielend ihr den wieder entziehen wollte, warf sie unwillig den Kopf herum und begann das Gras zu kauen.

Da wollte es den Wiesner nicht mehr auf beiden Beinen leiden, er fing an herumzutrippeln, er rieb sich die Hände, und das Wasser schoß ihm in die Augen. „O du liebs Vieh" – er tätschelte der Kuh den Nacken und kraulte ihr die Stirne –, „o du liebs Vieh!"

Plötzlich guckte er der braunen Liesl gar schlau unter die Augen, und so laut, als sollte es „zu Gehör" geredet sein, sagte er: „Wirst mich viel kosten, wenn du wieder gesund wirst; nun schau nur dazu!"

Die Woche war vergangen, der Sonntag wieder gekommen. Die letzten Tage war die braune Liesl schon mit den anderen Kühen auf der Weide gewesen. Der Wiesner aber hatte so schrecklich viel zu schaffen, daß ihn nicht einmal die Innenseite der Stalltür auf einen frommen Gedanken bringen konnte; übrigens war, wie bemerkt, das Bild des heiligen Leonhard leicht zu übersehen.

Heute schickte er sich dafür zeitlich zum Kirchgange an, und die Vroni muß ihn begleiten; denn er meint, eins wär völlig ausreichend, das Haus zu hüten, während sich der weite Weg zu zweien unterhaltsamer gehe, und begehre etwa die Bäuerin nachmittags in den Segen, so schadet es der Dirn gewiß nicht, wenn sie ein zweites Mal mit in die Kirche geht!

Als die beiden auf dem großen Platze anlangten, war noch eine Stunde Zeit bis zum Beginn der ersten Messe.

„Nun ist es aber doch zu zeitlich, um sich bis zum Läuten auf der Straße zu erhalten", sagte der Alte, und damit schritt er querüber dem Gasthof „Zum Roten Ochsen" zu. Vroni folgte in stillem Einverständnisse.

Der „Rote Ochse" hatte ein Gastzimmer für die „großen" Bauern und ein Schankzimmer, wo sich die „minderen" zusammensetzten. Wiesner nahm bescheiden in letzterem Platz, doch hatte er vorher einen Blick hinein nach den „Großen" getan, nur so Sehens und Gesehenswerdens halber. Es dauerte auch nicht lange, so kam der Fehringer heraus in das Schankzimmer, denn der Fehringer war – wie man weiß – leutselig. Er schritt auf Wiesner zu. „Ho, Stiegelsteiger, was machst du da? Ist das deine Dirn?" Er faßte das Mädchen am Kinn und kneipte sie in den vollen Arm. „Sapperment, ein mordsauberes Dirndl!"

Das Mädchen zeigte die weißen Zähne und zog den Besatz ihrer Schürze durch die Finger, obwohl der nicht glatter sein konnte, als er war.

„Schau", fuhr der Fehringer fort und rückte vertraulich zu dem Alten auf die Bank. „Laß doch einmal dein Lebzeit ein gescheites Wort mit dir reden. Was ist's, verkaufst mir deine Kuh?"

„Jesses", sagte der Wiesner und stieß an sein Glas, daß ein paar Tropfen über den Rand schlugen. „Wie du redest! Wie du so reden magst und allweil das nämliche!"

„Jesses, was du wild sein magst, wie man von dir gar nicht gewöhnt ist!"

„Weil's wahr ist! Bei dem ewigen Gered ist mir eh, als gehörte die Kuh nur mehr halb mein, mein Seel, es wär mir schon völlig gleich, wenn sie ganz dir gehören möcht, damit einmal Ruh wird; aber mein Weib gibt sie nicht weg, das weiß ich!"

„Darauf laß es ankommen!"

„Unsinn."

„Es gilt!"

„Soll's gelten", brummte Wiesner. Er zog die Hand, die Fehringer gefaßt hatte, langsam zurück. „Kriegst sie ja doch nicht!"

„Dafür laß mich sorgen. Ich fahr gleich hin. Heut laß ich Meß Meß sein. Handel und Wandel geht vor.

Erst muß der Bauer leben.
Dann kann er der Kirch das Ihre geben.

Aber die Dirn muß mit als Zeugin, daß du gesagt hast, es gilt dir völlig gleich und alles käm allein auf die Bäuerin an." Er wandte sich zur Vroni. „Wir fahren über Kronberg, wo Kirchweih ist, und dort kaufen wir der Mutter ein sauberes* Tuch für die Sonntäg; für dich wird sich wohl auch was finden, daß dich da die Sonn nit abbrennt." Er legte seine breite Hand auf ihre runde Schulter. „Wär schad, Dirndl! Na, komm mit!"

„Meinetwegen", sagte Wiesner. „Du machst dir nur ganz unnötige Auslagen."

Fehringer ging mit Vroni aus der Stube, und kurz darauf sah Wiesner die beiden auf dem Wägelchen vorüberrollen. Er duckte sich tiefer übers Glas. – Da erscholl vom Turme das erste Läuten. Er legte Geld auf den Tisch und ging bedächtigen Schrittes nach der Kirche.

Dort saß er ganz duchsig in einem der Stühle, blickte

weder zu den Altären noch nach den Nischen auf, hielt sich aber zu denen, die am eifrigsten beteten und am lautesten sangen. Nach der Messe schlich er sich sachte davon, trieb sich mit den andern auf dem Platze herum und wagte sich erst wieder zur Kirchtür hinein, als Trompeten und Pauken zu Beginn des Hochamtes laut wurden.

Die Wandlung war schon vorüber. Er hatte den Kopf fast zwischen den Blättern des großen Gebetbuches stekken, tat manchmal einen unruhigen Ruck von der Ecke, wo er saß, nach der Bank hinein, zur Beschwer seiner Nachbarn, die dann immer einer an den andern stießen bis auf den letzten, der nach dem Schnitzwerk des Stuhles griff, als fürchte er herauszufallen. Da trat plötzlich etwas an seine Seite. Er warf so einen Blick neben, die Vroni war'.

„Vater", sagte sie, „wir haben die Kuh doch verkauft."

„Habt ihr schon das Geld dafür?"

„Bar im Kasten."

„Hat er sie schon weggeführt?"

„Freilich. Er hält nur ein wenig im ‚Roten Ochsen' und wartet."

Wiesner nickte.

„Und schau her, wegen der Tücheln hat er auch Wort gehalten."

Sie spreitete alle zehn Finger über ein buntes, halbseidenes Halstuch, das sie über den vollen Nacken geschlungen trug und das gerade groß genug war, um es kleiner zu wünschen, und gerade klein genug, um zu diesem Wunsche anzuregen. Ein gar gefährliches Ding das.

Die Orgel tönte aus, die Leute erhoben sich von ihren Sitzen, dann wandte sich Wiesner zur Vroni, die an seiner Seite das Ende des Hochamtes abgewartet hatte, und sagte: „Geh voraus, ich komm gleich nach!" Als er sich allein sah, stand er im Stuhle auf, blickte frei um sich und sah die Heiligen der Reihe nach an, faltete die Hände und sprach also: „Meine lieben Heiligen alle miteinander, müßts nit bös sein, gleich als wär ich ein schlechter Christ, der nit weiß, was er geredet; aber wenn ihr euch recht besinnt, ich hab gesagt: Wenn ich die Kuh behalt, wenn sie mein bleibt! Nun ist aber die Sach, daß sie verkauft ist, dem Fehringer gehört und mich nichts mehr angeht; ich leg also, wie billig ist, alle Gelöbnis auf die Kuh. – Und auch du, lieber Himmelvater, sei nit bös, daß du da hast nachgeben müssen, hast ja doch ein gutes Werk damit getan, was dir auch schon wieder vergolten werden wird. Und jetzt bet ich euch in der Schnelligkeit paar Vaterunser und einen Glauben, dafür, daß wir wieder miteinander gut sein sollen!“

Dem kam er getreulich nach, dann verließ er die Kirche und ging nach dem „Roten Ochsen“. Dort im Hofraume saß der Fehringer schon breit auf dem Wägelchen, hinter dem die braune Liesl angebunden war. „Siehst, Stiegelsteiger“, rief er schon von weitem dem Daherkommenden zu, „ich hab sie doch!“

Wiesner trat erst zur Kuh. Er klatschte ihr auf den Hals. „Na, Liesl, jetzt wirst gute Tage haben, hast dich zwar bei uns auch nicht beklagen können, aber jetzt wirst gute Tage haben. Behüt dich Gott!“ Die roten Ränder um die Augen mochten ihn etwas brennen, denn er strich mit den Fingern darüber. Dann ging er vor, lehnte sich an den Kutschbock und sprach zu dem Fehringer hinauf: „Was ich dir hab sagen wollen, ein paar Gelöbnis liegen auf der Kuh, noch von ihrer letzten Krankheit her.“

„Der sie darauf gelegt hat, soll sie wieder wegnehmen. Was bekümmert's mich?“

„Möcht etwa doch sein. Acht Stück Heilige, wie sie in der Kirche stehen, und drei, die mir grad zur Hand waren, hätten jeder rechtschaffen eine Wachskerze um die Kuh verdient."

Und nun erzählte er dem Fehringer, wie die Gelöbnisse auf die Kuh gekommen und auf ihr liegen geblieben, „weil halt zu Anfang der liebe Herrgott nit hat daran denken mögen und er ihn erst hat bemühen müssen".

Der Fehringer hatte seinen Spaß und seinen Verdruß daran, man merkte es dem Gesicht ab, mit welchem er unverwandt den Wiesner anstarrte. Erst lachten die Augen, und die Mundwinkel hingen sauertöpfisch nieder, dann wieder verzog er den Mund zum Lachen, und die Augen sahen verdrießlich dazu. Jetzt, wo der Wiesner zu Ende gekommen, hieb er mit der Peitsche durch die Luft und schrie: „O du gottüberlegner..."

„Jakob ist mein'm Vater sein Name", lachte Vroni.

Fehringer ließ den Atem breit aus der Brust strömen. „O du gottüberlegner Jakob!" Mehr sagte er nicht und fuhr von dannen.

An dem nächsten hohen Festtage brannten auf dem Hochaltar in der Kirche statt der alten Stumpen zwölf neue Wachslichter, der Fehringer hatte das Dutzend voll gemacht. Man konnte eben nicht wissen, wie die Heiligen es aufnehmen würden, wenn sie sich solchergestalt um das Ihre verkürzt fänden! An den Wiesner konnten sie sich nicht halten, der hatte selber nichts, wohl aber an die Kuh, und darauf mochte es der Fehringer nicht ankommen lassen, und es kam ihm auch nicht darauf an, die braune Liesl war ihm immer noch so viel wert; die stand nun endlich mit ihrem weißen Stern auf der Stirn in seinem Stalle neben der kohlschwarzen, die auch so einen weißen Tupfen hatte – er brauchte es dem Wiesner nun nicht mehr zu zeigen, wo!

Über den Autor

teilweise mit seinen eigenen Worten

In Wien, Alservorstadt, „erblickte ich 1839 das Licht der Welt, wenn man so sagen kann, so man nachts geboren wird". Dem Scherz ist anzuhören, daß der Dichter im Notfall auch für Witzblätter „per Zeile gearbeitet" hat, aber er trifft zufällig mehr, als beabsichtigt war; herrschte doch tiefe gesellschaftliche Dunkelheit, im alten Österreich sogar noch eine Schattierung trüber als anderswo. Als Kind war Ludwig Anzengruber glücklich: „Ich dramatisierte aus dem Stegreif jene Erzählungen, die mir tauglich schienen, meist für zwei Personen... Leider hat sich kein Manuskript erhalten, denn ich konnte wohl dichten, aber noch nicht schreiben." Sehr früh starb der Vater (Buchhalter) und hinterließ einen Stapel eigener Theaterstücke, die nie jemand aufführte, samt einer Kiste voll Bücher. Der Schuljunge las, was ihm erreichbar war, aber der Notpfennig der Mutter langte nicht so weit, daß er die Realschule beenden konnte. Mit sechzehn Jahren wurde er Buchhändlerlehrling, wobei ihm „mehr um das Lesen als um das Verkaufen zu tun war", und mit zwanzig Schauspieler. Auch hier zeigte er geringes Talent und lernte das Elend der kleinen Wandertruppen aus dem Grunde kennen – aber auch das Leben, wie es wirklich ist. „Ich glaubte nun erst ins Land der Ideale gelangt zu sein, aber es war hier realistischer wie irgendwo. Ich hatte als Darsteller wenig Glück – als Dichter, denn ich führte dabei fleißig die Feder, gar keins – also zurück in die Reihe der gewöhnlichen Arbeiter. Man bot mir die kleine Protektion, trotz meines ‚Vorlebens', bei der Polizei als

Praktikant einzutreten." Über deren Akten brauchte er aber nicht lange zu sitzen, denn plötzlich riß der Knoten: Der überall gescheiterte Mann schrieb 1870 sein erstes gewichtiges Drama *Der Pfarrer von Kirchfeld*, das mit seiner Titelfigur geistlichen und weltlichen Machthabern der Reaktion entgegentrat. In der Form blieb er bei dem alten „Volksstück mit Gesang", in seiner Tendenz verlangte er sittliches Tun statt des Glaubens ans Herkömmliche. Wichtig aber war die Entdeckung des Volkes, damals der Bauern, deren Charaktere und Probleme nun ohne Idealisierung oder Idylle so natürlich und wahr zur Geltung kamen, wie er es in seinen Wanderjahren als Schmierenkomödiant kennengelernt hatte. „Ein Blick in die Nachbarstube, ein Gang nach dem nächsten Orte verhieß neue Offenbarungen." In diesem Jahrzehnt folgten weitere bedeutsame Dramen, ernste und heitere, die realistisch dörfliche Menschen schildern, wenngleich sie ihnen noch keinen Ausweg weisen als den, sie sollten „von Grund auf anders" werden. Formal sind diese Theaterstücke mit Gesangseinlagen inzwischen veraltet (weshalb man sie leider kaum mehr aufführen kann), aber zur Vollendung führten sie eine volkstümliche Tradition der deutschen Bühne. Sie begrenzt seine Dramaturgie, aber in ihr steckt auch Anzengrubers Kraft. Eine Dorfkomödie ist dabei, *Die Kreuzelschreiber* (1872), worin unser *Steinklopferhanns* zum erstenmal auftritt, dessen Mutterwitz und Lebensweisheit auch seine *Märchen* kennzeichnet.

In den achtziger Jahren endeten die Erfolge des Volksdramatikers: Ganghofers Salontiroler und die Strauß-Operetten gefielen den Wienern besser. „Millionen Menschen, die deine Sprache verstehen, existieren – wie viele verstehen dich? Die ungeheuerste Mehrzahl wüßte, sprichst du sie an, gar nicht, was du willst – Ach, wenn es einem so plötzlich auf den Kopf fällt, wie man eigentlich so gar nichts ausrichtet!“ Allerdings ließ auch seine dramatische Kraft bereits nach, und an der Zukunft des Volksstücks begann er zu zweifeln: „Stuck schreib ich keins. Die Zeit is mir nit darnach.“ Mit seinen Werken der 70er Jahre jedoch stellte ihn die norddeutsche Kritik neben Henrik Ibsen, während Anzengruber sich in Wien als Redakteur eines Witzblattes durchs Leben schlug – „in Berlin läßt man mir Gerechtigkeit widerfahren, dort bin ich wer!“ –, gequält auch von einer verfehlten Ehe: „Im Grunde genommen bin ich schuld. Die Frau war unfrei, achtzehn Jahre alt, ich vierunddreißig; ich konnte vieles voraussehen...“ Er wandte sich seinen großen Romanen zu und schrieb viele Erzählungen, wobei ihm übrigens auch die staatlich-kirchliche Zensur weniger im Wege stand als auf der Bühne. Wieder gestaltete er mit Ernst und Humor die Welt der Bauern, aber auch die der kleinen Leute in den Randbezirken der Großstadt. Wieder lotete seine Charakterzeichnung oft psychologische Tiefen aus, in die nur große Dichter hineinschauen. Schließlich ehrte ihn auch Wien – durch den Grillparzerpreis und bald darauf durch ein pomphaftes Begräbnis, als er mit fünfzig Jahren 1889 starb.

Sein Lebensgang hätte wohl einen Pessimisten bilden können; Ludwig Anzengruber nahm er nicht die Freude am Dasein, brach nicht seinen trotzigen Lebensmut, der im Diesseits alles Gute erwartete und gewiß war, daß die Menschen es sich einmal bauen. „Ich will das Leben in die Bücher bringen, nachdem man es lange genug nach Büchern lebte.“

Gerhard Wilckens

Worterklärungen

9 *Letfeign:* ein Zaghafter (sehr verächtlich gemeint)
14 *Bisgurn:* zänkische Frau
15 *Boanerbartl:* Knochenmann
21 *Austipfelts:* Ausgedachtes
22 *Spodiumbrenner:* ein Mann, der Knochen zum Düngemittel verbrennt
tunken: den Kopf sinken lassen
25 *gfriemt:* bestellt
26 *Schneiden:* Mähen
33 *Rauhnächte:* Rauchnächte, die „zwölf Nächte" nach Weihnachten, in denen alle möglichen bösen Geister spuken, weshalb Haus und Hof „beräuchert" wurden; ein Rest uralten Volksglaubens
34 *losts zu:* hört zu!
35 *Überschwung:* Schulterriemen der Soldaten, an dem das Seitengewehr hing
36 *rogelt:* schwankt
42 *Lourdes:* Wallfahrtsort in Südfrankreich, seit 1858 durch „Wunderheilungen" berühmt, in den siebziger Jahren des 19. Jahrhunderts auch von vielen Österreichern besucht.
Mur: In der Mur waren 1875, als diese „Märchen" zum erstenmal gedruckt wurden, über hundert Wallfahrer ertrunken
46 *Monad:* Mond
72 *gmargelt:* geärgert.
Sponponaden: Prahlereien.
73 *kirfürten: wallfahren*

77 *Kathrein:* 25. November, ein beliebter Heiratstag, weil in der anschließenden Adventszeit nicht getraut wurde
81 *karnivor:* fleischfressend
86 *Spagat:* Bindfaden
87 *Obers:* Schlagsahne
113 *Zöger:* aus Stroh geflochtene Tasche
132 *umsteht:* eingeht, stirbt
142 *sauber:* hübsch

Inhalt